Margret Wendt
Muscheln und Steine

Margret Wendt

Muscheln und Steine

Ich gehe meinen schönen schweren Weg

R. BROCKHAUS VERLAG WUPPERTAL

ABCteam-Bücher erscheinen in folgenden Verlagen:

Aussaat Verlag Neukirchen-Vluyn
R. Brockhaus Verlag Wuppertal
Brunnen Verlag Gießen und Basel
Christliches Verlagshaus Stuttgart
Oncken Verlag Wuppertal und Kassel

2. Auflage

Umschlag: Dietmar Reichert, Dormagen
Satz: Graphische Werkstätten Lehne GmbH, Grevenbroich
Druck und Bindung: Wiener Verlag, Himberg
ISBN 3-417-11208-7
Bestell-Nr. 111208

Für Hans, meinen wunderbaren Mann,
und für Anna, meine Freundin,
die mich beide auf ganz unterschiedliche Weise
durch den Dschungel meiner Gefühle begleitet haben

Herr,
du hast mir viel in meinem Leben geschenkt.
Ich habe unendliche Weite erlebt,
deine Größe wunderbar erfahren.
Aber nun hast du meine Grenzen enger gezogen.
Mir ist vieles von dem verwehrt, was ich früher konnte
und was andere heute noch können.
Manchmal schaue ich neidvoll über den Zaun
und fühle voller Beklemmung, dass mir einiges entgeht.
Aber dann sehe ich, dass an meinem Zaun Blumen wachsen,
dass es innerhalb meiner Begrenzungen so vieles gibt,
das sich lohnt, genauer zu betrachten.

Herr,
öffne mir die Augen für das,
was du innerhalb meiner nun engeren Grenzen
noch für mich bereit hast.
Auch in der Enge kannst du mir Weite schenken.

Margret Wendt

Oktober 1990

Grau dämmert der Morgen herauf, ein erster schwacher Schimmer dringt durch den Gardinenspalt. Ein verschlafener Blick auf die Uhr – erst kurz nach fünf, ich kann mich noch einmal umdrehen. Schön, denke ich, schon halb träumend, dass ich noch eine gute Stunde Zeit habe. Der beginnende Tag ist sorgfältig verplant: vormittags meine Arbeit im Büro, ich freue mich jeden Tag darauf. Der Umgang mit jungen Leuten macht mir Spaß, auch wenn diese Woche mit dem laufenden Fortbildungskursus etwas stressig wird. Über Mittag sind dann die Familie und der Haushalt zu versorgen, nachmittags Einkäufe, der Berg der Bügelwäsche sollte auch mal wieder abgearbeitet werden; abends Gemeindeversammlung. Um die Reiseunterlagen für den bevorstehenden Urlaub müsste ich mich gelegentlich auch mal kümmern. Irgendwann sollte ich endlich einen Termin beim Zahnarzt einschieben, denke ich noch. Mein Mann schnarcht leise neben mir, draußen verteidigt ein Vogel lautstark sein Revier im Baum, ein Hund schlägt an, irgendwo im Haus rauscht Wasser, die ersten U-Bahnen sind unterwegs. Die Wettervorhersage gestern Abend klang gut, es soll ein heiterer Tag mit milden Temperaturen werden. Ich mag den beginnenden Herbst mit seinen weichen Farben. Meine Gedanken fangen an zu schweben, werden leicht wie Federn. Fast wieder schlafend, suche ich noch die bequemste Schlafposition.

Wie zufällig streift meine Hand über die Haut zwischen Achsel und Brust, rutscht auf das Kopfkissen, so ist es bequem. Moment, da war doch etwas? Ich suche die Stelle – das fühlt sich ja merkwürdig an! Ich taste genauer – und bin wie elektrisiert. Stocksteif liege ich im Bett, wage kaum zu atmen. Ich habe mich geirrt, das ist eine Täuschung. Ganz ruhig, sei nicht hysterisch. Ich taste gezielter. Wie fühlt es sich auf der anderen Seite an? Nun wieder links, sicher ist es jetzt weg. Rechts ist es anders, ganz glatt und eben. Eine schier endlose Zeit taste ich, vergleiche, ahne, verwerfe, befürchte, ignoriere. Nein, es kann nicht sein, ich doch nicht. Aber der Knoten bleibt, deutlich fühlbar, fest, gut abgegrenzt.

Ich versuche es mit lockeren Sprüchen.

»Keep cool, Mami«, würden die Kinder sagen.

Also gut, locker bleiben. Erst mal entspannen, durchatmen.

Der Atem bleibt auf halber Strecke stecken.

Hans aufwecken? Unsinn. Was ändert das?

Ich versuche, auf dem schwankenden Boden das Gleichgewicht wiederzuerlangen. Leise stehe ich auf, bloß kein Geräusch machen. Hoffentlich knarrt die Tür nicht. Ich kann jetzt kein Gespräch gebrauchen, muss allein sein mit mir und diesem schrecklichen Verdacht. Gut, dass die Kinder noch schlafen, ich könnte niemandem begegnen in diesem Augenblick. Schau dir das Ding im Spiegel an, Margret, vielleicht entsteht dort ein Furunkel oder so etwas. Aber ein Furunkel täte weh, dieses tut es nicht.

Es entsteht kein Furunkel.

Der Knoten sitzt unter der Haut, von außen nicht sichtbar.

Ich wickle den Bademantel enger um mich, mich fröstelt. Am Fenster stehend schaue ich auf die noch stille Straße, am Bahndamm drüben hoppelt ein Kaninchen aus seinem Bau, ein zweites folgt kurz darauf. Eines sitzt sogar mitten auf der Straße. Hier in unserer Sackgasse muss es keine Angst vor zu vielen Autos haben. Vor einigen Jahren hat einer der Söhne in der Schule einen Aufsatz über »unsere« Kaninchen geschrieben. Merkwürdig, dass mir das gerade jetzt einfällt. Alles ist wie immer, der rot glühende Ball der Sonne schiebt sich hinter den Häusern jenseits des Bahndammes empor, gleich wird es so hell sein, dass ich nicht mehr hinschauen kann. Schade, dass dort vor Jahren eine Turnhalle gebaut wurde. Früher konnte man von unserem Fenster aus in die schönen Gärten auf der anderen Seite schauen. Der Lehrer aus dem zweiten Stock geht aus dem Haus, holt sein Fahrrad aus dem Keller, mittwochs hat er immer Frühstunde. »Zurückbleiben bitte«, tönt es vom nahe gelegenen Bahnhof herüber. Seit wir die neuen Fenster haben, ist die Bahn kaum noch zu hören. Keine Wolke ist am Himmel, der Wetterbericht hatte Recht, es verspricht ein herrlicher Tag zu werden. Die Autos sind beschlagen, die Nächte schon kühl, aber die

Tage verwöhnen uns noch einmal mit der ganzen Pracht des Herbstes. Wer hat eigentlich die Mär vom typischen Schmuddelwetter hier bei uns in Hamburg aufgebracht? Irgendwo schrillt ein Wecker, auf der Tanne vor dem Fenster putzt sich eine Meise. Wie hübsch die Federn in der Sonne leuchten! Auf einem der ausladenden Zweige des Baumes liegt eine Frisbee-Scheibe, sicher von unserem Balkon »ganz aus Versehen« dorthin gelangt.

Alles ist wie immer.

Nichts ist wie immer.

Eine Hand krallt sich in meinen Magen, mir ist schlecht.

Jetzt sei mal vernünftig, du bist doch sonst nicht so leicht in Panik zu bringen. Was ist denn schon los? An der linken Brust, ganz weit seitlich, hast du einen Knoten bemerkt. Das muss nichts Schlimmes sein. Viele Frauen haben das, eine Zyste, kleine Kalkablagerungen, was weiß ich. Vielleicht geht das ja auch von selbst wieder weg. Mit einer energischen Bewegung streiche ich mir das Haar aus der Stirn, als könnte ich damit alle Gedanken wegwischen. Wie mechanisch gehe ich in die Küche, setze Wasser auf, hole Butter, Käse, Marmelade aus dem Kühlschrank. Erste Geräusche aus den Schlafzimmern. Bloß mit normaler Stimme reden, Margret, ganz natürlich. Lass nichts raus von dem, was sich da in dir aufbaut. Zeit, du brauchst Zeit. Als mein Mann aufsteht, habe ich mich so weit im Griff, dass er mir nichts anmerkt. Die Kinder sind inzwischen auch auf, auch sie empfinden keinen Unterschied.

Wieso eigentlich nicht? Für mich scheint die Welt stehen zu bleiben, und keiner merkt etwas. Aber im Augenblick bin ich froh darüber, es ist mir unmöglich, jetzt von meinem Verdacht zu sprechen.

Unter der Dusche taste ich wieder – er ist noch da. Alles Weitere rollt wie ein Film ab: anziehen, Schlüssel nehmen, »tschüss, ich gehe«, das Auto starten. Der lebhafte Berufsverkehr ist wie immer, die vielen Ampeln – 37 habe ich einmal gezählt auf der Strecke von 10,6 km bis zum Büro – scheinen fast alle auf Rot zu stehen, wenn ich komme; zwei Beinahe-Zusammenstöße, bin ich nicht aufmerksam genug? Heute bin ich dankbar für die Unruhe im Büro, für die viele Arbeit, die ständigen Unterbrechungen durch Fragen der Kursteilnehmer. Den ganzen Vormittag denke ich fast nicht mehr an die Entdeckung dieses Morgens. Es ist, als würde mich das alles nichts angehen, als passierte es einer anderen.

Auf der Heimfahrt packt es mich wieder mit ganzer Wucht. Krebs! Ich spüre, wie ich dieses Wort buchstabiere, drehe und wende. Die fünf Buchstaben dehnen sich zu endloser Länge, kleben wie Kaugummi. »Krebs, Krebs, Krebs«, hämmert es in meinem Kopf. Ich muss mich zusammenreißen, fast wäre ich meinem Vordermann in die Stoßstange gefahren. Erstaunt stelle ich fest, dass der Verkehr um mich herum sich durch die Straßen schleppt, als sei nichts passiert. Die Leute fahren von hier nach da und von da nach hier wie jeden Tag. Man hat keine Ahnung von den persönlichen Katastrophen, die sich um uns herum abspielen. Der Fahrer des Autos neben mir – wie geht es ihm? Ist er krank? Hat seine Frau auch Krebs? Hat er gerade seine Stellung verloren? Ist sein Kind vielleicht heute verunglückt, seine Mutter gestorben?

Zu Hause hat sich auch nichts geändert. Essen kochen, aufdecken, essen. Wir sind nur zu dritt, der ältere Sohn kommt erst später aus der Schule. Mein Mann schaut mich an. Prüfend? Unsinn, Margret, du siehst Gespenster. Ich wundere mich, dass ich überhaupt einen Bissen hinunterbringe. Aufräumen, lüften, bügeln – ich funktioniere wie ein Automat. Die Besorgungen verschiebe ich, ich muss weg! Kräftig ausschreitend nehme ich meinen Weg an der Alster entlang. Goernestraße, Leinpfad – ich merke kaum, dass ich schon die Krugkoppelbrücke überquert habe. In meinem Kopf ist alles durcheinander, kein vernünftiger Gedanke findet Platz. »Krebs, Krebs, Krebs«, dröhnt es unter meinen Schritten.

Sterben.

Muss ich sterben? Natürlich muss ich sterben, alle müssen es eines Tages. Aber doch nicht jetzt, doch nicht so. Ich werde noch gebraucht. Mein Mann braucht mich. Unsere drei Kinder brauchen mich, die beiden jüngeren sind noch im Haus, erst 12 und 14 Jahre alt. Meine Mutter braucht mich. Mit 46 stirbt man nicht. Oder doch?

Meine Gedanken wandern über 30 Jahre zurück. Ein 15-jähriges Mädchen ist auf dem Heimweg von der Schule. Solange sie denken kann, muss sie entlang des Rübenkamps an dieser langen Mauer, die das Gelände des Barmbeker Krankenhauses umgibt, vorbei. Als kleines Schulmädchen kam ihr diese Mauer immer gewaltig vor, beängstigend fast. Manchmal hat sie ein Stück Kreide aus der Schule mitgenommen und die Mauer bemalt. Sie muss lächeln. Heute malt sie nicht mehr auf Mauern, und ganz so gewaltig ist diese Mauer nun auch wieder nicht. Allerdings scheint sie ihr jetzt abweisend und bedrückend. Hinter diesen Mauern liegt ihr Vater, schwer krank. Seit Wochen schon schaut sie jeden Mittag bei ihm rein, jedes Mal mit bangem Herzen. Auch heute macht sie Station bei ihm. Ihr geliebter Vater – er sieht so klein und schwach aus, wie er dort blass zwischen den Decken liegt, häufig von Hustenkrämpfen geschüttelt und nach Luft ringend. Ihr Vater, der immer stark war, immer für sie da, der immer Rat wusste, immer fröhlich war. Wie viel wurde gelacht in ihrer Familie! Wenn er den Zeichenstift schwang, konnten sie und ihre beiden Geschwister nur staunen, was unter seinen Händen entstand. Und nun liegt er hier – ihr schnürt sich das Herz zusammen. Wenn sie ihm doch helfen könnte! Die Hand halten, die Stirn abwischen, ihm einen Kuss auf die Wange drücken – das ist schon alles, was sie tun kann. Für ihn scheint es viel zu sein; immer, wenn sie den Raum betritt, leuchtet etwas auf in seinen Augen.

Er war erst 47, als er so krank wurde. Am Heiligabend kamen wir nach der Christfeier ins Krankenhaus. »Wenn ihr euren Vater noch mal sehen wollt, dann geht jetzt hinein zu ihm. Er wird wohl nicht mehr lange leben.« Was mag in ihm vorgegangen sein? War ihm bewusst, dass es zu Ende gehen könnte mit seinem noch jungen Leben? War er bereit zu sterben? Ich versuche, meine Gefühle von damals neu zu spüren; es gelingt mir nur zum Teil. Angst hatte ich, das weiß ich noch, große Angst, dass der Mittelpunkt meines Lebens, dass mein immer fröhlicher, humorvoller, lebensbejahender Vater plötzlich nicht mehr da sein könnte. – Er starb nicht, durfte noch 20 Jahre weiterleben. Werde ich weiterleben? Wie lange? Und wenn ich doch sterbe? Was wird aus der Familie? Wer wird mit meinen Kindern lachen, spielen, zeichnen? Wer teilt den ersten Liebeskummer mit ihnen? Wer berät sie in Fragen der Berufsausbildung? Wer wird Rat und Trost für sie haben? Wer wird ihren Kindern Oma sein? Wird mein Mann eine neue Frau suchen, eine Mutter für die Kinder? Ich habe noch so viel vor, noch so viel nicht erlebt!

Mit 46 stirbt man nicht? – Meine Schwester war erst 38, als sie starb. Das kann Gott nicht tun, nun auch mich sterben lassen. Soll meine Mutter noch ein Kind hergeben? Aus heiterem Himmel geschah es damals, vor 13 Jahren. Ich rief sie an, ihre Kinder sollten in den Ferien zu mir kommen. Ihre Mitarbeiterin meldete sich, und ich höre noch immer den Schrei im Hintergrund, diesen schrecklichen Schrei! Von wahnsinnigen Schmerzen überfallen, konnte sie nur noch schreien. Krankenhaus, bange Stunden zwischen Hoffnung und Verzweiflung. Zehn Tage, dann war es vorbei. Ich spüre noch die dumpfe Leere, die sich in mir ausbreitete. Ihre Kinder waren etwa so alt wie meine jetzt. Für sie, die allein mit meiner Schwester lebten, stürzte die Welt ein. Die Welt meiner Kinder soll nicht einstürzen! Die Gedanken überschlagen sich in meinem Kopf, einer ist unmöglicher als der andere, sie verselbstständigen sich, sind nicht einzufangen.

Margret, reiß dich zusammen.
Noch ist nichts klar, gar nichts.
Sprich mit Hans, geh zum Arzt.
Vor allem: Beruhige dich!

Mich beruhigen? Wie denn?

Kalter Schweiß läuft mir den Rücken runter.

Geh langsam, atme tief ein.

Geht nicht, auf halber Strecke stockt mir der Atem.

Dann weine wenigstens.

Geht auch nicht, alles ist wie blockiert.

Nur schemenhaft nehme ich wahr, dass ich bereits die Lombardsbrücke hinter mir habe, mich schon auf der anderen Alsterseite befinde. Nichts von dem, was ich sonst auf diesem Weg so liebe, wird mir bewusst. Der Blick über das Wasser, der leichte Wind, die weißen Tupfen der Segelboote, die sich – vielleicht ein letztes Mal in diesem Jahr – über die Außenalster verteilen. Die bunten Farben des Herbstes, rollernde Kinder, tobende Hunde, Menschen in der Sonne; nichts, nichts, nichts. Nur ein Gedanke hat in mir Platz: Krebs! Ich gehe immer schneller, renne fast, komme außer Atem. Ich befinde mich in einem Karussell, das sich immer schneller dreht, immer schneller, schneller, und ich kann nicht raus. Ausgerechnet Karussell, ausgerechnet ich. Als zwölfjähriges Mädchen musste ich mit ansehen, wie sich von einem Kettenkarussell ein Sitz löste und mitsamt dem darin sitzenden Kind weit über den Rummelplatz geschleudert wurde. Nie wieder habe ich ein Karussell betreten. Und nun sitze ich drin, und keiner kann es anhalten. Irgendwie gelange ich wieder nach Hause, völlig erschöpft, nass vor Anstrengung und Angst.

So, jetzt machst du erst mal, was du immer machst, wenn du ein Problem hast: Koche dir einen Tee, setze dich hin und versuche, logisch zu denken. Stück für Stück, nicht alles auf einmal. Was ist jetzt als Erstes dran?

Ein Termin beim Arzt, natürlich.

Nein, erst mit Hans reden – aber wie?

Die Faust im Magen ist immer noch da.

Reden? Nicht heute, ich kann es nicht!

Der Tag geht zu Ende, ich weiß nicht, wie.

Morgen, morgen werde ich weitersehen.

Der Tag geht vorüber. Ich habe ihn bewältigt. Zumindest diesen. Alles zu seiner Zeit.

Merkwürdigerweise schlafe ich in dieser Nacht, jedenfalls einige Stunden. Sobald ich aufwache, taste ich wieder – unverändert. Erst mal zum Arzt. Kurz nach 9 Uhr stehe ich vor seiner Tür. Er kann (oder will?) meinen Verdacht weder ausräumen noch bestätigen. Es kann, muss aber nicht sein. Toll, damit kann ich viel anfangen. Eine Hilfe ist er mir nicht. Aber er nennt mir den Namen eines Krankenhauses in meiner Nähe. Der Chefarzt der Gynäkologie soll eine Kapazität sein, was Brustkrebs angeht, weit über die Grenzen Hamburgs hinaus. Übermorgen kann ich kommen, dann werden wir weitersehen.

Erst am dritten Tag habe ich den Mut, mit Hans zu reden. Ich verstehe es selber nicht, wir reden sonst sehr offen über alles miteinander. Es ist, als hätte ich Angst, dass durch das Aussprechen dieses grausamen Wortes *Krebs* die Sache erst Wirklichkeit wird. Nun ist es heraus – wir sind beide sprachlos. Weinen kann ich noch immer nicht. Hans versucht zu trösten, obwohl er selbst Trost braucht. Der Gedanke an die Krankheit schwebt über uns wie eine dunkle Wolke. Gedanken, Worte brechen sich Bahn, bleiben halb ausgesprochen in der Luft hängen.

Ich rufe unseren Pastor an, meinen Seelsorger und Freund, erzähle ihm von dem schlimmen Verdacht. Auch er ist sprachlos. Eine halbe Stunde später steht seine Frau mit einem großen Blumenstrauß vor der Tür, nimmt mich wortlos in den Arm. Diese liebevolle Zuwendung tut unendlich gut.

Termin im Krankenhaus. Dr. P. ist großartig. Er redet nicht lange um den heißen Brei. Ganz sicher könne er natürlich erst sein, wenn er Gewebe entnommen und untersucht habe, aber ich müsse wohl damit rechnen, dass es bösartig sei. Es fühle sich ziemlich typisch an. Jetzt endlich kann ich weinen, er nimmt mich tröstend in den Arm. In einer Woche kann ich zur Operation kommen.

Eine Woche! Wie soll ich die überstehen? Viel zu lang.

Eine Woche! Wie soll ich alles schaffen? Viel zu kurz.

Merkwürdigerweise kann ich jetzt klarer denken. Den Urlaub müssen wir absagen, das halten wir nicht aus, zwei Wochen Friede, Freude, Eierkuchen am Mittelmeer, und in meinem Körper und meiner Seele frisst der Krebs. Die Stornierung klappt, die Reiserücktrittskosten-Versicherung trägt den größten Teil der Kosten. Das Feriencamp für Kinder, in dem die beiden Jüngeren schon oft und gern waren, ist überfüllt, keine Chance, sie in den Hamburger Herbstferien dort unterzubringen. Ich spreche mit dem Leiter, erkläre unsere Situation, er begreift sofort. Natürlich hat er Platz für die Jungs, irgendwie, ich könne mich darauf verlassen.

Nun können wir es den Kindern sagen. Sie sitzen da und bringen kein Wort heraus. Wie sollen sie auch. Jeder reagiert auf seine Weise. Der eine verschließt es in sich, als könnte er es dadurch bezwingen, der andre fragt nach einer Weile und will es genau wissen. Ach Jungs, wie gern hätte ich euch das erspart! Natürlich sind sie auch enttäuscht; Spanien, Mittelmeer hört sich als Ferienziel besser an als Bülkau in der Wingst. Aber sie zeigen es nicht. Ihre Art, mir zu helfen.

Im Büro muss ich es auch noch sagen. Merkwürdige Situation: Die Kollegen sind betroffen und schauen mich an, als könnte ich sie trösten – ausgerechnet ich.

Die Woche vergeht schnell mit Vorbereitungen. Ich bügle sämtliche Wäsche, als ginge die Welt unter, wenn ich es nicht täte. Koffer der Kinder packen, Kühlschrank füllen. Im Büro alles so ordnen, dass meine Kollegin problemlos einsteigen kann – ich plane es fast generalstabsmäßig. Irgendwie hilft es mir. Am Samstagmorgen bringe ich die Kinder nach Harburg, dort werden sie mit dem Bus abgeholt. Schon von weitem sehen wir die roten Kleinbusse mit dem weißen Kirchenkreuz vorn drauf. Ich bin so froh, dass sie mitfahren können!

Montagmorgen, 15. Oktober 1990

Ein ganz normaler Tag im Krankenhaus. Die Schwestern, Pfleger und Ärzte gehen ihrer Arbeit nach. Hier wird einer operiert, dort eine Infusion vorbereitet, eine weinende Frau getröstet, ein Kind geboren, ein Bett frisch bezogen, ein Mensch stirbt, die ersten Patienten kommen, Genesende werden entlassen – ein ganz normaler Tag. Normal? Was ist normal?

Pit, unser Ältester, hat mich hergefahren, wollte mit mir warten, aber ich schicke ihn weg. Was sollen wir reden? Ich bin vor Angst wie zugeschnürt, ihm wird es nicht anders gehen. »Tschüss, mein Junge, vielen Dank. Ich melde mich.«

Ich betrete die Aufnahme. Einige Neuzugänge sitzen schon im Warteraum, in einer Ecke die Taschen und Koffer mit den Utensilien, die man im Krankenhaus benötigt. Es ist ruhig, keiner spricht. Mein »Guten Morgen« wird kaum erwidert. Ich setze mich und suche innerlich nach einem Halt. Seit fast zwei Wochen weiß ich nun, dass ich krank bin. Irgendwann in diesen zwei Wochen klang in mir das Lied auf: »Meine Zeit steht in deinen Händen ...«. Daran versuche ich mich jetzt zu klammern. Ein junger Mann tritt ein, stellt seine Tasche zu den anderen und versucht einen Scherz: »Sieht aus wie bei einem Schulausflug.« Einige schmunzeln, aber schnell senkt sich wieder gespannte Stille über die zusammengewürfelte Gemeinschaft. Ich frage mich, was ich hier eigentlich tue. Ich könnte jetzt am Mittelmeer am Strand spazieren gehen, mich in der Sonne aalen, mit den Kindern spielen. Stattdessen sitze ich hier mit eiskalten Händen und einer Faust im Magen. In irgendeinem Chanson hieß es mal: »... aus der Wanduhr tropft die Zeit.« Hier ist keine Wanduhr, hier scheint die Zeit sich am Türrahmen festzuklammern. – Endlich wird mein Name aufgerufen, ich bin froh, jetzt etwas tun zu können.

Eine halbe Stunde später stehe ich in meinem Zimmer, dem Zuhause für – ja, für wie lange wird es wohl sein müssen? Das Nachbarbett ist schon belegt. Schade, ich wäre jetzt gern allein.

Aber die Mitpatientin macht einen netten Eindruck. Wie gut, dass die nächsten Stunden wie im Flug vergehen. Sich in der neuen Umgebung einrichten, Untersuchungen, Fragebögen ausfüllen – es bleibt nicht viel Zeit für dunkle Gedanken.

Spät am Nachmittag dann das erste Gespräch mit Dr. P., der auch operieren wird. Er erklärt mir alles genau – ich kann und darf wieder weinen –, zum ersten Mal wage ich auch die Frage nach einer Amputation zu stellen. Eine Horrorvorstellung! Er kann es nicht ausschließen, will aber alles versuchen, um die Brust zu erhalten. Es sei heute oft nicht mehr nötig, die ganze Brust zu entfernen. Er erklärt mir, dass sie noch während der Narkose einen Schnellschnitt machen, d. h. das Gewebe wird sofort untersucht. Wenn es sich als bösartig herausstellt, werden auch die Lymphknoten aus der Achselhöhle entfernt, um festzustellen, ob sich schon Metastasen gebildet haben. Sollte er wider Erwarten mehr finden, als er jetzt tasten kann, könnte es schon sein, dass ich die Brust verliere ... Ich weiß, dass ich bei ihm in guten Händen bin – wieder das Bild mit den Händen. Ich bin froh, dass ich zu diesem Arzt Vertrauen haben kann, auch, dass ich am nächsten Morgen die Erste im OP sein werde.

Die erste Nacht im Krankenhaus. Ein Gedanke setzt sich fest: Brustamputation. Wie hatte ich das Wort überhaupt aussprechen können? Was heißt das eigentlich? Nie mehr Sauna, nie mehr nackt in der Wohnung rumlaufen. Würde ich in den Spiegel schauen können? Mein Mann liebt mich, er würde mich auch ohne Brust akzeptieren – schweren Herzens allerdings. Aber ich selber? Eine Schwester fragte mich, ob mein Mann denn zu mir halten würde, falls amputiert werden müsse. Was ist das für eine Frage? Bin ich ohne Brust eine andere Frau? Wir werden es gemeinsam tragen, was immer uns jetzt bevorsteht, da bin ich ganz sicher. – »Meine Zeit steht in deinen Händen, nun kann ich ruhig sein, ruhig sein in dir.« Nein, ruhig bin ich nicht, Angst kriecht in mir hoch, aber dieser Vers begleitet mich wie ein Gebet in den mich dann doch noch einhüllenden Schlaf.

Nächster Morgen

Dr. P. kommt selbst und weckt mich, nimmt noch einmal meine Hand. »Wir sehen uns gleich.« Die Schwestern bereiten mich für die Operation vor. Man hat mir Beruhigungsmittel gegeben, aber ich nehme alles um mich herum wahr. Das Lied ist wieder da: »Du gibst Geborgenheit, du kannst alles wenden ...« Ich muss es unbewusst gesummt haben, die Schwester schaut mich irritiert an. Wer singt schon auf dem Weg in den OP? Vorsichtig heben sie mich von der Pritsche auf die Edelstahlplatte in der Schleuse zum OP. Der Nachteil der ersten Operation am frühen Morgen: Die Platte ist noch eiskalt. Ich zittere am ganzen Körper, was zum Teil wohl auch von den Medikamenten herrührt. Dr. P. gibt sich hinter der Maske zu erkennen, streichelt mich zart, Sekunden später bin ich im Tiefschlaf.

Ich hatte Hans gebeten, an diesem Tag nicht zu kommen, ich würde sicher nur mehr oder weniger dahindämmern. Natürlich ist er doch da, als ich ein wenig wacher werde. Mein erster Griff geht in die linke Achsel – ein Verband. Also Krebs! Ich wage es nicht zu sagen, aber ein Blick in Hans' Augen genügt: Er ahnt es auch. Ich taste vorsichtig nach meiner Brust. Ist sie noch da? Ich kann es nicht feststellen, alles voller Verband. Als Dr. P. kommt, um die Diagnose zu bestätigen, bin ich froh, dass Hans und ich uns an den Händen halten können. Die Brust ist noch dran. Er habe sich sehr viel Mühe gegeben, sagt Dr. P., die Form so gut wie möglich zu erhalten. Er habe weniger als ein Viertel der Brust entfernt. Ich begreife nicht so recht, was er sagt, kann auch noch nicht ganz klar denken. Aber irgendetwas sitzt in meinem Magen wie ein Stein, Tränen kommen immer wieder hoch, ich versuche sie runterzuschlucken, es gelingt nicht. »Sorgen quälen und werden mir zu groß, hilflos frag ich, was wird morgen sein?« Irgendwie geht auch dieser Tag vorbei.

Der erste Versuch, am nächsten Morgen gegen den Willen der Schwestern aus dem Bett zu steigen, misslingt. Ich hatte allen Ernstes gemeint, ich könne duschen.

Alles tut weh, am meisten meine Seele.

Am Abend höre ich aus der Ferne vertraute Klänge. Was ist das? Es dauert eine Weile, bis ich es einordnen kann. Ein Chor singt! Ich schaffe es bis zur Tür, jetzt stehen die Sänger in meinem Flur. Ist es zu fassen? Sie singen mein Lied: »Meine Zeit steht in deinen Händen, nun kann ich ruhig sein, ruhig sein in dir. Du gibst Geborgenheit, du kannst alles wenden, gib mir ein festes Herz, mach es fest in dir.« Den ersten Vers kann ich noch mitsingen, dann ist es mit meiner Beherrschung vorbei. Eine Diakonisse bemerkt es und führt mich vorsichtig zurück zu meinem Bett. Ich weine, weine, weine.

Schnell gewöhne ich mich an den Klinikalltag, gehe zur Krankengymnastik, um den Arm wieder beweglich zu machen. Jede Bewegung ist schmerzhaft, aber ich will es schaffen. Um mich trotz Verband und Drainage zu duschen, entwickle ich sogar eine gewisse Technik. Und ich führe Gespräche mit Mitpatientinnen. Nun verstehe ich auch die Frage der Schwester vom ersten Tag, ob denn mein Mann zu mir halten würde. Eine Frau aus dem Nebenzimmer erzählt mir unter Tränen, ihr Mann habe sich bei ihrer Einlieferung ins Krankenhaus von ihr mit den Worten verabschiedet: »Komm mir bloß nicht als Krüppel nach Hause!« Ich kann es kaum glauben – gibt es so etwas? Was war sie denn für ihn? Nur ein Körper, der zu funktionieren hat, der schön und willig sein muss? Ein Sexobjekt? Austauschbar? Wie ein Gegenstand: kaputt oder nicht mehr ansehnlich – weg damit!? Eine andere ist schon das zweite oder dritte Mal hier, ihr Mann hat sie verlassen, als sie mit nur einer Brust nach Hause kam. Ausgerechnet in einer Zeit, in der sie jeden Strohhalm braucht, wird sie »weggeworfen«; es läuft mir kalt den Rücken runter. Gleichzeitig kommt an anderer Stelle eine Wärme in mir hoch: Ich bin dankbar für unsere gute Ehe, für meine intakte Familie, für die tiefe Beziehung zueinander.

Meine Familie kommt jeden Tag, meine Kolleginnen und Kollegen schreiben mir, zwei Kolleginnen besuchen mich. Leute aus meiner Gemeinde kommen, schreiben, rufen an. Unsere junge Diakonin besucht mich und schenkt mir ein selbst bemaltes Seidentuch. Nicht irgendeines, in eine Ecke hat sie meinen Namen geschrieben. Als sie die Nachricht von meiner Erkrankung hörte, musste sie sich mit mir beschäftigen, erzählt sie mir, sie musste etwas tun, wobei sie an mich denken konnte – so ist dieses Tuch entstanden. Es tut gut, sich geliebt und getragen zu wissen. Thomas, unser Jüngster, hat Schwimmunterricht in der Halle direkt neben dem Krankenhaus. Vorher schaut er immer kurz mal rein. Ein schöner Tagesbeginn für mich.

Jeden Morgen, vor der ersten Operation des Tages, kommt Dr. P.; meistens weckt er meine Bettnachbarin und mich, hat für jede von uns einige aufmunternde Worte. Die Atmosphäre im Krankenhaus ist gut, die Schwestern freundlich, manchmal sogar liebevoll. Nur die Nachtschwester sollte auf Parfum verzichten! Wenn sie den Raum verlässt, müssen wir immer erst mal längere Zeit lüften, um die Duftwolke zu vertreiben.

Die Sozialarbeiterin des Krankenhauses kommt und berät mich im Blick auf das, was auf mich zukommen könnte. Vor allem empfiehlt sie mir, einen Antrag auf Anerkennung einer Behinderung beim Versorgungsamt zu stellen. Von allein wäre ich nie darauf gekommen.

Nach zehn Tagen

Ich kann nach Hause, versehen mit einigen Verhaltensregeln: keine Sauna, nicht schwer tragen, keine Sonnenbäder, keine Spritzen in den linken Arm, keine Blutabnahmen aus dem Arm, Verletzungen vermeiden. Es könne sein, dass sich ein Lymphödem bildet, dass der linke Arm anschwillt. Schlapp, wackelig auf den Beinen, voller Tränen. Wie soll das weitergehen? Jeden Tag, später alle zwei bis drei Tage werde ich ins Krankenhaus zum Punktieren gefahren; in der Achsel stauen sich Wundsekret und Lymphflüssigkeit. Nach zwei Wochen ist auch das vorbei. Ich gehe zur Krankengymnastik; ganz vorsichtig wird versucht, den Arm zu bewegen. Es tut höllisch weh.

Knochenszintigramm. Eine radioaktive Flüssigkeit wird in die Vene gespritzt (Achtung – nur rechter Arm!) – kein schöner Gedanke. Ich habe die Vorstellung, dass sich Gift in meinem ganzen Körper ausbreitet. Zwei Liter trinken, dann werde ich durch eine Röhre geschoben, ganz langsam. Auf dem Bildschirm zeichnet sich mein Skelett ab und lässt erkennen, ob irgendwo Veränderungen zu sehen sind. Sind nicht. Gott sei Dank! Der Krebs ist also noch lokal, das soll gut sein, sagt der Arzt. Wenn er meint ...

Dr. P. führt Gesprächsrunden mit betroffenen Frauen durch. Alte, junge, brustamputierte, brusterhaltend (so nennt man das) Operierte. Interessant sind Hinweise und Berichte über Brustaufbau, gymnastische Übungen usw. Aber ich merke schnell, dass so eine Gruppe nichts für mich ist. Glücklicherweise habe ich Menschen, mit denen ich über meine Krankheit reden kann – und auch schweigen. Und ich habe Gott, dem ich mein Leid klagen kann. Ich bekomme keine Antwort auf die ewigen Fragen »Warum?« und »Warum ich?«. Aber ich kann meine Ängste und Hoffnungen, meine Verzweiflung und Trauer aussprechen.

Die äußeren Narben sind verheilt, jetzt fängt die Bestrahlung an. Ich stelle mich im Universitätskrankenhaus Eppendorf (UKE) vor, werde »vermessen«, die zu bestrahlenden Stellen werden mit Filzschreiber auf die Haut gemalt. Als die Kinder das zum ersten Mal sehen (sie haben mich gefragt, ob ich ihnen die Narben zeige), bekommen sie einen Schreck. Zunächst dachten sie, alle Striche seien Narben! – Von jetzt ab heißt es: viermal die Woche zum UKE, und das sechs Wochen lang. Ich versuche es positiv zu sehen und verbinde damit meinen täglichen Spaziergang – Eppendorfer Landstraße, Curschmannstraße, 20 Minuten hin, eine Viertelstunde zurück. Auf dem Hinweg geht es bergauf, aber es liegt nicht nur daran, dass ich, je näher ich dem Gelände komme, immer langsamer werde. Es ist schrecklich! Ich hasse es!

Ich habe schlechte Erinnerungen an dieses Krankenhaus. Vor mehr als 13 Jahren ist meine Schwester hier gestorben. Die furchtbaren zehn Tage, die es gedauert hat, sind messerscharf in mein Gedächtnis eingeritzt. Auch der weithin leuchtende Weihnachtsbaum auf dem Gelände des Krankenhauses hellt meine Stimmung nicht auf.

Trotz Termin muss ich meistens warten. Eine gedrückte Atmosphäre herrscht im Flur, der gleichzeitig Warteraum ist. Zweites Kellergeschoss, kein Tageslicht, man hört das Wasser in den Abflussleitungen rauschen. Im Laufe der Wochen sehe ich immer wieder die gleichen Gesichter. Trotzdem reden wir kaum miteinander; jede hängt ihren eigenen trüben Gedanken nach. Einige blättern in den zerlesenen Zeitschriften. Mit einem geschmückten Tannenstrauß hat jemand versucht, etwas Atmosphäre in diesen Keller zu zaubern.

»Frau Wendt, bitte Kabine zwei.«

Stuhl, Garderobenhaken, Spiegel.

Eine Schwester kommt: »Bitte machen Sie den Oberkörper frei und warten Sie hier.«

Meistens dauert es eine Weile, bis ich geholt werde. Ich stehe zitternd da. Es ist entwürdigend, halb nackt durch einen Raum geführt zu werden, in dem mehrere Ärzte herumlaufen, telefonieren, in dem auch mal Techniker auftauchen. Wie gedankenlos! Das könnte doch auch anders geregelt werden. Beim zweiten Mal behalte ich meine Bluse an, auch wenn die Schwester irgendetwas dagegen zu haben scheint.

Jedes Mal, wenn ich durch die Tür mit dem großen Strahlenzeichen gehen muss, stocke ich. In der Mitte des Raumes muss ich mich auf eine Liege legen, dann wird der große Apparat über mich gedreht, alles genau eingestellt, und die Schwestern verlassen den Raum.

»Sie brauchen keine Angst zu haben, wir können Sie auf dem Bildschirm genau sehen.« Das hilft mir nun wirklich nicht. In jeder Ecke des Raumes eine Kamera. »Big brother is watching you.« Ich fühle mich von aller Welt verlassen und diesen schrecklichen Strahlen ausgeliefert.

Es ist inzwischen bitterkalt geworden. Eines Tages, ich liege schon mit nacktem Oberkörper auf der Bank, berührt mich eine der Schwestern mit eiskalter Hand an der linken Schulter. Sie erwartet, dass ich vor Schreck aufschreie, aber ich reagiere gar nicht. Dieser Teil der Schulter ist an der Oberfläche völlig taub; bei der Operation wurden viele Nerven durchtrennt. Auch der äußere Oberarm hat kein Gefühl.

Etwa vier bis fünf Stunden nach den Bestrahlungen wird mir regelmäßig schlecht, von der bleiernen Müdigkeit einmal abgesehen. Ich spreche einen Arzt im UKE auf die Übelkeit an.

»Das kann gar nicht angehen, davon wird einem nicht übel. Das kann höchstens seelische Ursachen haben!«

Als wenn die nicht zählen!

Die Ursache ist mir völlig egal, jedenfalls ist mir übel, die letzte Nacht bin ich kaum aus dem Bad herausgekommen. Das kann ich ihm aber nicht sagen, die Kehle ist mir wie zugeschnürt. Ich könnte bei der kleinsten Kleinigkeit anfangen zu weinen – sonst bin ich eigentlich selten um eine passende Antwort verlegen.

»Sind Sie schon mal bestrahlt worden?«, möchte ich ihn fragen, aber ich bringe kein Wort heraus.

Mein Arzt gibt mir Zäpfchen, damit ist es einigermaßen zu ertragen. Mindestens so schlimm ist die Tatsache, dass ich mich auf der linken Seite nicht waschen darf, nur pudern. Immer wieder frage ich meinen Mann, ob ich unangenehm rieche. Erstaunlicherweise ist das nicht der Fall. Wie gut! Ich würde mich sonst nicht mehr unter Menschen trauen. Auch schlafen kann ich nicht auf dieser Seite; wenn ich mich im Schlaf drehe, wache ich von dem

Schmerz auf. Die linke Brust ist geschwollen, der Druck sehr unangenehm. Ich spreche einen – wieder mal anderen, sie wechseln ständig – Arzt darauf an. »Seien Sie doch froh, sieht doch gut aus!« Mir fehlen erneut die Worte. Ein »Typisch Mann!« drängt sich mir auf. Aber das wäre ungerecht, ich kenne auch sehr einfühlsame Männer; nur im UKE scheinen sie Mangelware zu sein.

Ich werde für das so genannte »Krebsregister« befragt. Gibt es in Ihrer Familie Krebserkrankungen? Ja, meine Tante, Schwester meiner Mutter. Vor zwei Jahren wurde ihr eine Brust amputiert. Also erblich belastet? Das weiß niemand so genau. Ob meine Schwester Krebs bekommen hätte, wissen wir auch nicht, sie ist zu jung gestorben. Aber ich spreche mit meiner Nichte, rate ihr, sich regelmäßig untersuchen zu lassen, obwohl sie erst 28 Jahre alt ist.

Weihnachtsfeier im Büro

Ich würde gern hinfahren, aber ob die Kräfte reichen? Selbst Auto fahren kann ich noch nicht wieder, der Arm ist noch zu unbeweglich. Doch Anna holt mich ab. Es ist ein wunderschöner Nachmittag, mir wird so viel Liebe entgegengebracht. Ich bin unendlich dankbar für diese Gemeinschaft und das Mittragen durch Freunde und Kollegen. Allerdings strengt der Nachmittag mich doch sehr an, das hätte ich nicht gedacht.

Am Polterabend meines Neffen teilzunehmen, traue ich mir noch nicht zu.

Drei Tage vor Weihnachten

Letzte Bestrahlung! In drei Wochen darf ich mich wieder waschen, noch ohne Seife, aber immerhin. Das streiche ich mir rot im Kalender an! Am Heiligen Abend gehe ich seit Wochen das erste Mal wieder in den Gottesdienst – mein größtes Weihnachtsgeschenk!

Ein neues Jahr – 1991

»Sie müssen kürzer treten«, sagt mein Arzt.

Ich merke es selber. Was soll ich aufgeben?

Der Haushalt bleibt, auch wenn Hans und die Jungs mir sehr helfen. Meine Cousine kommt, um mir einen Teil des Putzens und das Bügeln abzunehmen. Am liebsten möchte ich alles machen wie immer, aber das geht nicht. »Gott, was willst du, dass ich tun soll?« Nach langem Beten und Überlegen wird mir deutlich, dass ich am ehesten in der Sonntagsschule meiner Gemeinde zu ersetzen bin, dort gibt es gute Mitarbeiter. Also entschließe ich mich schweren Herzens, nach zehn Jahren diese Arbeit aufzugeben. Ich lade die Mitarbeiter zu mir ein, wir feiern Abschied. Es fällt uns allen nicht leicht. Die Frauenarbeit liegt mir sehr am Herzen, das kann ich sicher weiter machen. Nachdem dieser Entschluss gefasst ist, geht es mir etwas besser, bin ich leichter.

»Sie sollten Ihre Ernährung umstellen«, meint der Arzt.

Daran habe ich auch schon gedacht.

Inzwischen habe ich mir umfangreiches Material von der Krebsgesellschaft besorgt und von der Gesellschaft für Biologische Krebsabwehr. Immer ist die Rede davon, dass es gut sei, auf Vollwerternährung umzusteigen. Gerade zu diesem Zeitpunkt gibt die Ernährungsberaterin einer Krankenkasse in unserer Gemeinde einen Kursus über Vollwerternährung. Das kommt wie gerufen! Es macht Spaß, mal wieder zu lernen; das Kochen macht Spaß und auch das anschließende gemeinsame Essen. Es schmeckt tatsächlich, wie einige Teilnehmer des Kurses überrascht feststellen.

1. Februar 1991

Nach vier Monaten Krankheit mein erster Arbeitstag! Ich bin glücklich und aufgeregt. Die Kollegen bereiten mir einen großartigen Empfang – Blumen, Kuchen, gute Worte –, das tut meiner Seele gut. Und ich bin froh, dass endlich wieder ein normales Leben beginnt. Es ist nichts wie vorher, aber es muss endlich wieder etwas anderes geben als nur Krankheit. Am gleichen Tag fängt eine neue Kollegin an. Ich merke erst viel später, dass sie ganz am Rande steht, alles dreht sich um mich. Es tut mir Leid. Später erzählt sie mir, dass sie ganz unglücklich war und am Abend zu Hause erst mal geweint hat. Wie gut ich das verstehen kann!

Die nächsten Wochen laufen ziemlich normal ab, abgesehen von den grässlichen Untersuchungen: Blut, Mammografie, Szintigramm u. a.

Der Antrag beim Versorgungsamt ist durch, ich bekomme einen Behindertenausweis, Grad der Behinderung: 50 %. Das bedeutet einen besseren Kündigungsschutz, eine Woche mehr Urlaub und eine Steuervergünstigung. Wenigstens etwas . . .

April 1991

Der Frühling ist da! Mit dem Fahrrad fahre ich durch den Stadtpark; selbst das anstrengende, weil ansteigende Stück am Jahnring entlang kann ich inzwischen wieder bewältigen. Die Bäume stehen in voller Blüte, ein Meer von kleinen rosa Blütenblättern an den

Zweigen und auf dem Boden. Meine Seele weitet sich und möchte davonfliegen! Ich lebe, es geht mir gut, es könnte alles wunderschön sein – aber meine Tante ist wieder im Krankenhaus, die zweite Brustkrebsoperation. Das belastet mich bei aller Freude über meinen eigenen Gesundheitszustand. Ich bin auf dem Weg zu ihr, pflücke unterwegs einen dieser zauberhaften rosa Blütenzweige ab, möchte ihr den Frühling in ihre Krankenstube bringen. Was kann ich ihr sagen? Sie zeigt mir die Narben – es sieht schrecklich aus! Die Haut ist von den Bestrahlungen total verbrannt. Sie war immer so zuversichtlich, hat mir Mut gemacht. Jetzt ist sie selbst völlig verzweifelt.

Meine Gedanken fangen an zu rotieren. Vor zweieinhalb Jahren hatte sie den ersten Knoten entdeckt, allerdings war er erheblich größer als meiner. Wie wird es bei mir weitergehen? Ich hatte mich die letzten Monate ganz gut im Griff, jetzt beginnt alles wieder zu schwanken.

Nach und nach kehren meine Kräfte zurück, gewinnt meine Seele ihr Gleichgewicht wieder. Ich kann fast alles mitmachen: Betriebsausflug, Frauenfreizeit. Im Juni kommt für drei Wochen ein französischer Austauschschüler.

Juni 1991

Meiner Tante geht es immer schlechter. Sie klagt, wenn ich mit ihr spreche, das kenne ich sonst gar nicht von ihr. Sie hat schreckliche Schmerzen; inzwischen ist der ganze Körper voller Krebs. »Das ist kein Leben mehr«, sagt sie immer wieder. Sie, die für jeden ein gutes Wort hatte, sie, die immer versuchte, Menschen wieder aufzurichten, sie, die selbst in schwierigen Situationen immer noch etwas Gutes entdeckte. Es muss ihr wirklich schrecklich gehen, wenn sie so redet. Man wollte ihren Schädel öffnen, um zu sehen, ob das Gehirn schon betroffen ist. Mein Onkel hat es abgelehnt; sie soll in Würde sterben. Wenn Gott sie abberuft, dann wollen sie sich fügen.

Meine Tante ist tot. Einen Tag vor unserem Urlaub begleiten wir sie auf ihrem letzten Weg. Gott hat sie erlöst – in mir allerdings tobt ein Kampf. Wir hatten eine besondere Beziehung zueinander. Ich sei die Tochter, die sie gern gehabt hätte, sagte sie oft – Mutter von drei Söhnen, genau wie ich. Warum, Gott? Warum sie? Warum so? Sie hat dich geliebt, hat dir gedient, wurde gebraucht in Gemeinde und Familie, war für andere da, hat geholfen, getröstet, begleitet. Hättest du sie nicht auch anders heimrufen können?

Warum ich, Gott? Wird es mir so gehen wie ihr?

Ein alter Rabbiner pflegte zu predigen, man solle jeden Tag so leben, als nehme man Abschied von allem, von Menschen und Dingen. Mag ja sein, aber das kann und will ich nicht. Ich möchte nicht immer nur an das Ende denken, möchte normal leben.

Anfang August 1992

Mein Leben läuft wieder in normalen Bahnen. Ich bin seelisch ziemlich stabil, schwierig wird es nur, wenn Leute mich mit Trauermine nach meinem gesundheitlichen Befinden fragen. Manchmal habe ich das Gefühl, ich müsste mich dafür entschuldigen, dass es mir gut geht! Oft muss ich mir endlose Berichte über andere Kranke anhören, die es viel schlimmer haben als ich. Auch detaillierte Schilderungen eines langen, schweren Sterbeprozesses fehlen nicht. Ich kann es bald nicht mehr ertragen! Aber vielleicht bin ich ungerecht. Die Menschen meinen es gut, wollen mir helfen, zeigen mir ihre Anteilnahme. Sicher ist es auch oft Unsicherheit, wie sie sich mir gegenüber verhalten sollen.

Es gibt auch andere, solche, die nicht viel fragen, sondern mir praktische Hilfe leisten. Solche, die mir immer mal wieder einen

Gruß schicken, ein gutes Wort, ein schönes Bild, mir einen Blumenstrauß bringen. Solche, die sich einfach mit mir freuen, dass es bergauf geht. Solche, die mich stumm in den Arm nehmen, wenn sie merken, dass ich einen Tiefpunkt habe. Solche, die nicht nach vorschnellen Antworten suchen, die nicht versuchen, mich mit »Kopf hoch«, »Wird schon wieder« oder »Denen, die Gott lieben, müssen alle Dinge zum Besten dienen« aufzumuntern. Ich liebe Gott, ich weiß mich von ihm getragen, die Erfahrung habe ich in diesen schlimmen Monaten wieder neu gemacht, tiefer als je zuvor. Aber ich habe doch meine Anfragen an ihn. Ich kann den Weg nicht verstehen, den ich gehen muss. Mir bleibt nichts anderes übrig, als das zu akzeptieren, aber ich kann nicht sagen, dass ich es freudigen Herzens tue. Wenn es denn Antworten auf mein »Warum« gibt, dann ist dies vielleicht eine: Ich habe gelernt, Menschen in schwierigen Situationen nicht mit vorschnellem Trost abzuspeisen, nicht auf alles eine Antwort haben zu müssen, zuzugeben, dass ich vieles auch nicht verstehe, jemanden schweigend in den Arm zu nehmen und mit ihm auszuhalten. Es tut weh, wenn jemand meine Verzweiflung klein reden will, auch wenn es offensichtlich als Hilfe gemeint ist.

In diesen Monaten wächst die Freundschaft zu Anna. Mit unglaublich viel Einfühlungsvermögen begleitet sie meinen Weg.

Im Laufe der Zeit merke ich kaum noch Einschränkungen. Mein Arm ist nicht dick geworden, außer Narbenschmerzen habe ich keine Probleme. Früher habe ich immer geschmunzelt, wenn mein Mann an seinen Narben von der Kriegsverwundung den Wetterwechsel merkte – heute geht es mir selber so.

In meinem Beruf läuft es gut, eine gründliche Renovierung der Wohnung geht glatt über die Bühne, einen runden Geburtstag meines Mannes feiern wir ganz groß. Ich nehme an Malkursen teil, besuche Seelsorgeschulungen, fahre mit der Familie in Osterurlaub nach Portugal. Selbst bei der Hitze schwillt mein Arm nicht an. Dienstreisen, Frauenfreizeit, Gemeindearbeit – das Leben ist wieder schön!

September 1992

Dunkle Wolken am Horizont: Mein Mann wird schwer krank. Nein Gott, nicht schon wieder! Wir sind noch nicht wieder dran!

Wir hatten an meiner Arbeitsstelle ein Fortbildungsseminar für Mitarbeiter gegeben. Nun saßen wir am Abend zusammen und hielten eine Andacht. Hanna, die Frau des Hausmeisters, erschien in der Tür und bedeutete mir, hinauszukommen. Sie hatte Nachricht vom Krankenhaus, in dem mein Mann wegen eines kleinen Eingriffs lag. Bei einer Bluttransfusion war etwas schief gelaufen, die Blutgruppe hatte nicht gepasst. Er hatte einen Schock erlitten, es ging ihm sehr schlecht.

Mit zitternden Knien fuhr ich ins Krankenhaus. Intensivstation. Wie würde ich ihn vorfinden? Ein totales Nierenversagen ist die Folge, das bedeutet viermal wöchentlich Dialyse. Vieles von dem, was um ihn geschieht, kann er gar nicht wahrnehmen.

Mehr als sechs Wochen bangen wir um sein Leben, teile ich meine Zeit und Kraft zwischen Krankenhaus, Kindern, Beruf, Haushalt.

Auch die Arbeit meines Mannes, der selbstständig ist, muss ich, zumindest teilweise, miterledigen. An manchen Tagen fahre ich vor dem Dienst ins Krankenhaus, mittags auf dem Rückweg wieder, abends noch einmal. Woher nehme ich die Kraft? Gottes Engel tragen mich, die Gebete meiner Gemeinde tragen mich, die Fürsorge meiner Freunde, die Liebe meiner Kinder. Abends meine ich, nie wieder aufstehen zu können, am nächsten Morgen packe ich es doch wieder. Ich gehe kaum noch ans Telefon, weil ich die vielen gut gemeinten Rückfragen und Ratschläge nicht mehr ertragen kann. Immer wieder das Gleiche erzählen! Aber wenn keiner sich um uns kümmern würde, wäre es auch falsch – ich weiß nicht mehr, was ich will.

In den Ferien können die Kinder wieder nach Bülkau. Gott sei Dank. Dann muss ich mich zu Hause nur noch um mich selber kümmern.

Anna kommt für zwei Tage, sie tut mir unendlich gut. Ich kann weinen, ohne etwas erklären zu müssen. Ich kann schweigen, ohne dass sie dauernd fragt. Ich kann reden, sie hört geduldig zu.

Wir haben wieder ein Frauenfrühstück in der Gemeinde. Ich funktioniere wie ein Automat. Es läuft alles bestens, hinterher weiß ich nicht, wie ich es geschafft habe. Ich werde auf einer Welle von Gebeten getragen.

Das Jahr 1992 geht zu Ende. Den Jahreswechsel erlebe ich mit Freunden auf dem Dach unseres fünfstöckigen Hauses. Ein grandioser Anblick: Hamburg glüht in einem riesigen Feuerwerk. In diesen Minuten fällt einiges von mir ab; es ist, als trüge der Wind meine Lasten mit sich davon. Hans ist am Leben, er erholt sich zusehends; auch ich komme wieder zu Kräften. Mein Gebet in dieser Nacht: »Herr, lass es ein ruhiges Jahr werden, eines, in dem nichts Außergewöhnliches passiert, in dem wir einfach nur leben können!«

Ende Januar 1993

Die Routineuntersuchungen sind eigentlich erst im März dran, aber die Narbe in meiner linken Achsel fühlt sich knotig an. Mein Arzt meint, das seien Narbenverhärtungen, kein Grund zur Sorge. Wenn ich wolle, könne ich ja noch mal ins UKE gehen, zur Sicherheit. Auf dem Weg dorthin springt es mich förmlich wieder an: Bei jedem Schritt fühle ich die Belastungen der Bestrahlungszeit von vor zwei Jahren neu. Der Körper erinnert sich. Die Curschmannstraße schleiche ich nur noch entlang. Es ist, als trüge ich eine zentnerschwere Last.

»Es ist nichts«, meint die Ärztin – endlich mal eine nette, einfühlsame Person in diesem schrecklichen Haus. »Machen Sie sich keine Sorgen, Narben können sich schon mal verändern.«

Im Übrigen seien ja auch alle Lymphknoten ohne Befund gewesen.

Ich glaube es nur allzu gern. Das kann ich also vergessen!

Dieses Jahr 1993 bringt einige Höhepunkte. Unser Sohn Michael bekommt einen Ausbildungsplatz, das muss man heutzutage ja durchaus als Höhepunkt ansehen.

Im April 1993

Nun kommt das Schönste: Anna und ich fahren nach Israel. Die Reise war schon lange gebucht; während Hans' Krankheit habe ich nicht mehr geglaubt, dass ich sie würde antreten können. Aber nun kann ich doch reisen. Am 27. April 1993 steige ich morgens um 9 Uhr ins Taxi, das mich zum Flughafen bringt. Nach einer knappen Stunde Flug lande ich in Frankfurt. Die Wege im Frankfurter Flughafen sind lang, aber nach einigem Suchen entdecke ich eine Gruppe, die so aussieht, als könnte es meine sein: Die Haube einer Diakonisse leuchtet mir entgegen. Hier bin ich richtig! Ein freundlicher Gruß: »Wollen Sie auch . . .?« Ja, sie wollen auch. Da kommt auch schon Anna, wir sind komplett, es kann losgehen.

Die Kontrollen scheinen endlos, jeder Koffer muss aufgemacht werden, wird gründlich durchsucht; wir müssen unzählige Fragen beantworten, jedes elektrische Gerät einschließlich Fotoapparat einschalten. Endlich, endlich sind wir durch alle Sperren und Kontrollen und sitzen nach über drei Stunden Wartezeit im Flugzeug. Und nun geht es wirklich los! Die Maschine hebt ab, und unter uns wird alles klein und kleiner. Schon bald haben wir die Alpen hinter uns, fliegen über Kroatien und Griechenland. Wunderschön die griechischen Inseln, wie Perlen im Meer. Ganz deutlich ist Rhodos zu erkennen. Und dann, nach etwa vier Stunden Flug, taucht die israelische Küste vor uns auf. Welch ein Gefühl, dieses Land zu überqueren, das wir bald hautnah erleben werden!

Wir verbringen zwei wunderbare Wochen miteinander, reisen mit der Gruppe durch das Land. Eine traumhaft schöne Zeit mit vielem guten Erleben und ganz viel Nähe zueinander. Auf den Spuren Jesu gehen, an den Stellen, an denen er gelebt und gewirkt hat, zusammen beten; die Evangelien an Ort und Stelle lesen – es ist unbeschreiblich!

Im Sommer schließt sich noch ein Urlaub mit Hans in St. Gilgen am Wolfgangsee an. Wir haben von einer Freundin eine schöne Wohnung hoch über dem See zur Verfügung gestellt bekommen; der Blick ist traumhaft. Das Wetter leider nicht. »Schnürlregen« nennen die Einheimischen das, was vom Himmel kommt. Aber wir machen das Beste daraus, gehen trotz des Regens viel spazieren, entspannen, reden, spielen. Auch einige sonnige Tage sind dabei, die uns die ganze Schönheit der Natur vor Augen führen. Bad Ischl, Salzburg, Mondsee – ein schönes Fleckchen Erde. Herr, mein Gott, ich danke dir, dass du mein Sylvestergebet so erhört hast!

August 1993

Wir sind zurück vom Urlaub, morgen beginne ich wieder mit meiner Arbeit. Auch das ist ein Grund zum Danken – mein Arbeitsplatz. Seit mehr als fünf Jahren bin ich an diesem Platz, und noch nie gab es seitdem einen Tag, an dem ich nicht gern zur Arbeit gegangen wäre. So freue ich mich auch jetzt auf morgen früh. Was mich wohl erwarten wird? Es ist ein schöner Tag, hell, freundlich. Ein Sohn ist schon weg, der andere macht sich sein Frühstück. Ich stehe unter der Dusche, summe leise vor mich hin. Da – was ist das? An die Knubbel an der Narbe habe ich mich gewöhnt, aber das hier ist etwas anderes. Ich fühle, taste. Ist diese Beule neu oder habe ich sie nur noch nicht bemerkt? Natürlich ist sie neu, ich kenne meinen Körper inzwischen sehr genau. Fast drei Jahre liegt die Operation zurück. Ich lebe wieder völlig normal, denke oft gar nicht an den Krebs.

Und nun dies.

Die Theorie mit dem Furunkel greift nicht mehr.

Mach dich nicht verrückt, Margret, geh gleich zum Arzt.

Ignorieren nützt ja nichts.

Wieder kann ich Hans nichts davon sagen.

Erst mal abwarten, es kann ja auch Lymphflüssigkeit sein.

Margret, das glaubst du doch selber nicht – oder doch?

Ich weiß nicht, was ich glauben soll.

Freitag habe ich einen Termin beim Arzt.

Liebe Margret, *25. August 1993*

nun bekommst du noch einige Gedanken zu unserem Gespräch eben; vor allem möchte ich Dir etwas für Freitag mit auf den Weg geben. Text und Bild verbinden sich wieder. Die Gedanken drücken sicher Deine Wechselbäder aus, und wie auf dem Bild muss alles für Dich mit Steinen übersät sein. Und auf steinigem Grund zu gehen, ist ja unsicher, das Stolpern geht schneller … ABER: Es gibt auch Blumen am Wegesrand. Vielleicht verstecken sie die Größe des Steines, was wiederum Angst auslösen kann. Vielleicht füllen sie aber auch die Ecken und Kanten aus und sagen Dir, dass Dein Wunsch nach Leben wirklich verstanden wird von unserem Gott, auch wenn die Frage nach dem Warum nicht beantwortet wird. (…)

Und nun begleiten Dich meine Gebete weiter ganz intensiv. Lass Dich in Gedanken in den Arm nehmen.

Schalom, *Deine Anna*

Ach, Anna …

Der Arzt guckt, tastet, schüttelt den Kopf. Nein, er glaube nicht an einen Rückfall. Aber ich könne ja ins UKE gehen. Das hatten wir doch schon! Auch dort erhalte ich nur vage Antworten. Es sei nicht so schlimm, man könne es rausnehmen, das müsse aber nicht unbedingt sein. Damit kann ich viel anfangen! Hans ist genauso ratlos wie ich. Ich gehe zu Dr. P. ins Elim-Krankenhaus. Er ist der Einzige, zu dem ich in dieser Sache noch Vertrauen habe. Es ist alles so bekannt hier, sogar einige Schwestern erkenne ich wieder. Dr. P. redet nicht um den heißen Brei. Er weiß, dass ich mit einer schlimmen Wahrheit besser umgehen kann als mit einem diffusen Verdacht. Er schaut mich an, spricht zunächst gar nicht, seine Augen sagen genug. Ich stürze in ein tiefes Loch, schlimmer fast als beim ersten Mal. Ich war so sicher, dass ich alles hinter mir hätte! Heiß steigen die Tränen auf. Er nimmt mich stumm in den Arm, lässt mich weinen. Ja, es scheint ein Rezidiv zu sein, ein Rückfall, zu 98 Prozent müsse ich damit rechnen. Auf jeden Fall muss der Knoten raus, da gibt es gar nichts, am besten sofort.

Sofort geht nicht. Am nächsten Wochenende leite ich eine Frauenfreizeit in Ratzeburg, die ganze Sache ruht praktisch auf meinen Schultern. Soll ich 30 Frauen nach Hause schicken? Wir haben uns alle so darauf gefreut.

»Geht es nicht danach?«, frage ich.

Doch, es geht, medizinisch kommt es auf die Woche nicht mehr an.

»Meinen Sie denn, Frau Wendt, dass Sie das psychisch durchhalten können?«

Mute ich mir da zu viel zu?

Mag sein, aber ich will die Freizeit durchziehen.

Obwohl Chefarzt in einem kirchlichen Krankenhaus, ist Dr. P. selbst nicht gläubig. Aber er weiß, dass ich auf Gott vertraue.

»Ich weiß nicht, warum Ihr Gott das mit Ihnen macht. Aber ich bin sicher, er wird Ihnen die Kraft geben.«

Wir fahren nach Ratzeburg. Meiner Mutter, die auch an diesem Wochenende teilnimmt, sage ich, was los ist, obwohl ich sie lieber nicht belasten möchte. Aber es würde sie zu sehr verletzen, wenn sie es erst später, womöglich von anderen, erführe. Außer ihr sage ich es noch vier Frauen. Sie bilden eine Gebetskette; jede Stunde, Tag und Nacht, bauen sie eine Mauer des Gebetes um mich. Und sie haben Acht auf meine Mutter, merken, wenn sie es nicht mehr aushält und rausgehen muss, gehen ihr nach, damit sie reden und weinen kann.

Wir haben das Thema: »Ich lasse dich nicht, du segnest mich denn.« Alles, was ich ausgearbeitet habe, war fertig, bevor ich von dem erneuten Ausbruch der Krankheit wusste. Die Bibelarbeit, die Predigt, alles hatte ich ausformuliert. Sollte ich nicht mehr können, kann sofort eine der anderen Frauen einspringen. Immer wieder habe ich den Eindruck, ich würde für mich selbst predigen. Das beginnt schon beim Einstieg am Freitagabend:

»Ich weiß nicht, aus welchem Tag eine jede Einzelne kommt«, beginne ich, »vielleicht hattest du Probleme, dieses Wochenende zu organisieren, (...) vielleicht bist du nervös, abgespannt, belastet mit Sorgen.«

O ja, das bin ich; wie sehr, wissen nur wenige. Mit Atemübungen versuchen wir, im wahrsten Sinne des Wortes aufzuatmen, die Seele nachkommen zu lassen.

Ob meine auch ankommen wird?

Kann es sein, dass Gott mich schon in meinen Vorbereitungen geführt hat? Auf jeden Fall ist er auf dieser Freizeit da. Wir sprechen nicht nur über Segen, wir erleben ihn auch. Nach dem Gottesdienst am Sonntag ist Gelegenheit, sich in Kleingruppen gegenseitig zu segnen. Für manche ist es fremd, in einer Gruppe entscheiden sich die Frauen lieber für ein Gespräch. In meiner Gruppe sind zwei Frauen, die um meine Situation wissen. Es ist zwischen allen Frauen dieser kleinen Gruppe unausgesprochen ein starkes Zusammengehörigkeitsgefühl. Es wird offen darum gebeten, gesegnet zu werden, und wir können uns in großer geistlicher Tiefe diesen Segen zusprechen. Ich selbst sauge den mir zugedachten Segen auf wie ein nasser Schwamm. Ja, das brauche ich, dass Gott mich auffängt, dass seine Engel mich umgeben, dass er über, unter, neben, hinter und vor mir ist. Ich spüre es körperlich, wie eine Schutzhülle sich um mich legt.

Es ist den anderen Frauen gelungen zu schweigen. Wir wollten die Freizeit nicht belasten, es sollte ein schönes Wochenende sein. Und das ist es. Die intensive Gemeinschaft ist ein unbeschreibliches Erlebnis. Für den Rückweg – wir haben mit Privatwagen Fahrgemeinschaften gebildet – habe ich »grünes Licht« gegeben; dann dürfen sie reden, müssen es auch, denn das Schweigen hat auch sie belastet. Sie reden und beten in den Autos, bilden später von zu Hause aus eine Telefonkette, auch wieder eine Gebetskette rund um die Uhr.

Ganz ruhig kann ich am nächsten Morgen ins Krankenhaus fahren. Ich weiß mich getragen. Dr. P. hat ein Einzelzimmer für mich reserviert; er weiß, dass ich lieber allein bin. Alles ist voller Erinnerungen. Das bedrückt ein wenig, erleichtert aber auch manches. Die Untersuchungen, die ganze notwendige Routine sind mir nicht fremd und machen mir keine Angst.

Ein Brief von Anna erwartet mich schon. Ihr Einfühlungsvermögen ist großartig.

»Höre nicht auf anzufangen«, schreibt sie.

»Anzufangen – Sonnenstrahlen zu entdecken
– Mut zu entwickeln
– Angst zu formulieren
– Hoffnung zu suchen
– Dir Zeit zu geben
– Tränen zuzulassen
– Deine Fragen zu stellen
– Dich an Gott und Menschen festzuhalten«

Das ist genau, was ich jetzt brauche und was mir Mut macht.

Am nächsten Morgen bin ich die Zweite im OP. Wie schön, ich muss einerseits nicht so lange warten, andererseits ist die Edelstahlplatte in der Schleuse nicht mehr so kalt! Der Verdacht bewahrheitet sich, ich hatte es nicht anders erwartet. Zwei der verbliebenen Lymphknoten sind befallen.

Krebs.

Er ist also nicht ganz rausoperiert worden vor drei Jahren, Reste sind im Körper. Wird er wieder auftauchen? Wo wird er wieder auftauchen? Ein fast lächerliches Bild kommt in mir hoch: Die Kinder hatten früher ein Computerspiel – »pacman« –, in dem eine kleine Figur, die wie eine Torte mit einem herausgeschnittenen Stück aussah, durch verschiedene Gänge eilte und alles fraß, was sich ihr in den Weg stellte. Ich mochte dieses Spiel nie, nun drängt es sich mir auf: Schnapp, schnapp, schnapp – Krebs, Krebs, Krebs.

Innerlich bin ich wie leer. Ich hatte die Krankheit »unter den Füßen«. Nicht verdrängt, nein, ich denke, sie war wirklich bewältigt. Die Begleiterscheinungen wie (erträgliche) Schmerzen im Narbenbereich, die regelmäßigen Untersuchungen und anderes hatte ich in mein Leben eingebaut. Ich bin mir nicht sicher, ob ich dachte, ich sei gesund. Dazu hatte ich wohl schon zu viel über den möglichen Verlauf von Krebserkrankungen gelesen, schon mit zu vielen betroffenen Frauen gesprochen. Aber mein Leben war wieder normal, ich habe immer seltener das Wort Krebs gedacht, und nun stecke ich erneut mittendrin. Mein Verstand sträubt sich, es zu begreifen.

Während die Gedanken durch mein Gehirn eilen, unsortiert, konfus, während ich vergeblich versuche, sie zu stoppen, dem »pacman« ausweichen will, fällt mein Blick aus dem Fenster. Ich kann von hier aus den Fernsehturm sehen. Kürzlich wurde bei der Aussichtsplattform eine Absprungplatte für Bungeespringer angebracht. Jetzt steht einer oben, kurz vor dem Absprung. Warum machen Menschen das? Warum tun sie sich das an? ... Da, jetzt wieder. Es stürzt sich einer in die Tiefe – freiwillig. Freiwillig? Was treibt Menschen dazu, wofür brauchen sie diesen »Kick«? Ist ihr Leben nicht aufregend genug? Wie mag es sich anfühlen, wenn man in die Tiefe stürzt? Sie sind an einem starken, elastischen Tau festgemacht, wissen, dass sie dadurch abgefangen werden. Wissen? Sie müssen darauf vertrauen, dass es hält, dass das Material in Ordnung ist. – Ich bin auch in die Tiefe gestürzt. Ich weiß auch, dass ich fest an ein Seil geknotet bin. Ich kann gar nicht unten aufschlagen, Gottes Seil hält. Ich weiß es, es ist ja nicht mein erster Absturz. Trotzdem krampft sich mein Magen beim Fallen zusammen. In Jerusalem hat die evangelische Erlöserkirche für junge Leute und auch für Touristen einen Treffpunkt, den sie »Bungee-Treff« nennen. An der Tür steht: »Der Herr hält alle, die fallen« (Psalm 145,14). Das gilt doch auch für mich. Habe ich nicht genug Vertrauen?

Ich habe meinen Kassettenrekorder mitgebracht. Meditative Musik, Lieder mit guten Texten helfen mir. Hin und wieder schaut eine Schwester herein, setzt sich für eine Weile an mein Bett.

»Bei Ihnen ist es immer so friedlich, hier kann man richtig auftanken.«

Höre ich richtig?

Gestern auf dem Flur im Gespräch mit einer Mitpatientin fing diese an zu weinen; ich nahm sie in den Arm, streichelte nur sanft ihre Schulter. In diesem Moment kam Anna den Flur entlang, um mich zu besuchen.

»Du bist mir die Richtige, bist selbst am Boden und tröstest andere.«

Ich kann trösten, weil ich selbst getröstet bin. Trotz aller Fragen, die durchaus nicht verstummt sind, trotz aller Ängste und Zweifel, die mich manchmal geradezu panikartig überfallen, breitet sich immer mehr ein seltsamer Friede in mir aus. An diesem Abend besonders. Da ich ein Einzelzimmer habe, kann Anna so lange bleiben, wie wir wollen. Wir reden, beten, schweigen miteinander. Wie tut es gut, eine vertraute Hand zu halten; nicht reden zu müssen oder endlos reden zu können; Fragen zu stellen, ohne eine Antwort fürchten zu müssen.

Auf dem Flur komme ich mit den anderen Patientinnen ins Gespräch. Sie bedauern mich, weil ich allein im Zimmer bin. Bei ihnen – im Viererzimmer – sei es immer so lustig. Das glaube ich. Wir lachen viel auf dem Flur. Als eine Patientin hört, dass ich meinen Kuchen nicht esse, ist sie fast empört. »Den können Sie mir doch geben!« Will ich gerne tun. Dann kann er sich wie die anderen Stücke vor ihm auch um ihre Hüften schmiegen, denke ich schmunzelnd. Die kleinen Ausflüge auf den Flur sind gut, aber zurück in meinem Zimmer bin ich dankbar für die Ruhe.

Fast jeden Tag kommt Post, kommen Anrufe, Besucher. Ich erlebe neu, welch ein Geschenk eine heile Familie ist, ein intakter Freundeskreis, eine Gemeinde. Mein Körper ist nicht mehr heil, aber meine Beziehungen sind es. Ist das nicht besser als der umgekehrte Fall? Hans kommt täglich, tut auch zu Hause alles: Beruf, Haushalt, Kinder – was täte ich ohne ihn?

Auch dieses Mal muss ich nach der Entlassung mehrere Male zum Punktieren ins Krankenhaus fahren. Wieder Gymnastik, alles bekannt. Dieses Mal dauert es etwas länger, die Narbe wird nicht wieder so elastisch wie beim ersten Mal. Ich fange bei meinem Arzt eine Thymus- und Misteltherapie an. Dreimal die Woche gehe ich zum Spritzen.

Oktober 1993

Die Zeit rast. Ich mache lange Spaziergänge an der Alster, durch den Stadtpark, an der Elbe. Manchmal kreisen meine Gedanken nur um die Krankheit, manchmal bin ich völlig unbelastet davon und erfreue mich einfach an dem Blick über das Wasser, an der Natur, an der Bewegung, an Sonne und Wind. Wie wunderschön sich die Wolken im Wasser spiegeln! Majestätisch ziehen die Schwäne an mir vorbei, bald werden sie ins Winterquartier zum Mühlenteich gebracht werden. Zwei einsame Segler kreuzen auf der Alster, die anderen haben ihre Boote schon für den Winter eingemottet. Ein anderes Mal wieder mache ich Pläne für die Zukunft, um dann erschrocken innezuhalten: Kann ich überhaupt für die Zukunft planen? Doch, ich kann und will. Ich will das Leben wieder packen, mit beiden Händen, mit ganzem Herzen und mit meiner ganzen Seele. Oft bete ich auf diesen Wanderungen: Hilf mir dabei! Gott, gib mir Kraft für eine Zukunft!

25. Oktober 1993

Mein erster Arbeitstag nach sechs Wochen. Gott, wie bin ich dankbar, dass wieder ein normaler Alltag beginnt. Manche Hausarbeit fällt mir noch schwer; meine Cousine hilft mir wieder beim Bügeln und Putzen. Den Löwenanteil der Hausarbeit erledigt Hans.

Untersuchungen haben ergeben, dass mein Tumor hormonabhängig ist, das heißt vereinfacht ausgedrückt, mein Körper produziert zu viel Östrogen. Dagegen gibt es eine Therapie, also schlucke ich ab sofort Tamoxifen. Vielen Frauen in meiner Situation soll es schon geholfen haben, hoffentlich mache ich nicht mal wieder eine Ausnahme! Leider hat das Ganze auch eine Kehrseite: Ich mache als Nebenwirkungen alles durch, was normalerweise erst in den Wechseljahren beginnt, leide an trockener Haut, Unruhe, Hitzewallungen, Schlafstörungen usw.

In einem der vielen Bücher über Krebs, die ich mir angeschafft habe, las ich, dass eine frühe Menarche, d. h. ein frühes Einsetzen der ersten Regelblutung, und eine späte Menopause die Entwicklung von Brustkrebs begünstigen. Beides trifft bei mir zu.

Wieder auf Anraten der Sozialarbeiterin des Krankenhauses stelle ich einen Antrag auf Erhöhung des Behindertengrades. Dem wird sehr schnell stattgegeben.

Ich hatte meinen Gynäkologen gebeten, mir zu zeigen, wie ich mich selbst spritzen kann. Ich habe einige Frauen kennen gelernt, die das tun. Diese Spritzen werden subkutan, d. h. flach unter die Haut, gespritzt. Er lehnt es ab!

»Nein, Frau Wendt, das tue ich nicht.«

»Warum nicht?«

»Das ist zu gefährlich.«

»Was ist daran gefährlich?«

»Ich kann es nicht verantworten.«

Das ist keine Antwort.

»Sie wollen mir doch nicht sagen, dass es gefährlich ist, mir selbst subkutan eine Spritze zu setzen. Zehntausende von Frauen tun es.«

»Es tut mir Leid, ich mache das nicht mit.«

Es gibt überhaupt keinen Grund für diese Aussage, das weiß ich inzwischen. Immer noch habe ich nah am Wasser gebaut, die Tränen sitzen mir in der Kehle. Ich schlucke und schlucke und bringe keine Silbe mehr heraus. Ohne ein weiteres Wort stehe ich auf und verlasse die Praxis. Draußen atme ich erst einmal tief durch. Das war's also. Da ich schon länger mit ihm unzufrieden bin, gibt dies den Ausschlag, mich nach einem anderen Arzt umzuschauen. Meine Nachbarin empfiehlt mir eine Ärztin, nicht gerade um die Ecke, aber auch gut zu erreichen. Eine phantastische Frau! Wäre ich doch nur schon früher zu ihr gegangen. Es ist überhaupt nicht schwierig, sich selbst die Spritzen zu setzen. Die ersten zwei, drei Male kostet es etwas Überwindung, aber dann ist es ganz einfach. Hilft es? Ich weiß es nicht. Auf alle Fälle hilft es mir aber, dass ich etwas tun kann.

Liebe Anna, *5. Dezember 1993*

inzwischen habe ich mir die erste Spritze verpasst, ein merkwürdiges Gefühl! Es ging mir richtig gut, als ich von der Ärztin kam. Mit ihr habe ich einen Glückstreffer gelandet! Nix von wegen erst einige Male unter ihrer Aufsicht spritzen oder so. Sie hat es mir gezeigt, dann habe ich es einmal »trocken« gemacht, das war's. Diese Selbstverständlichkeit, mit der sie mir das zutraut, hat mir jede Unsicherheit genommen – als hätte ich nie etwas anderes getan als mich gespritzt. Nun liegt also mein Spritzen-Set parat, dreimal die Woche setze ich mir eine Injektion, abwechselnd in den Oberschenkel und in die Bauchdecke. Das Gefühl, etwas zu tun, ist schon irgendwie gut.

Dezember – Advent

Weihnachtsvorbereitungen, Backorgien, Bastelzeit.

Ich liebe diese Wochen mit ihren Lichtern, Feierstunden, Liedern, Düften.

Heute ist Sonntagmorgen, der 2. Advent.

Ich bin früh wach, mein Arm scheint eingeschlafen zu sein, der Druck ist unangenehm. Oder habe ich unglücklich darauf gelegen? Bei Licht schaue ich mir die Sache genauer an. Das Handgelenk ist etwas geschwollen, merkwürdig. Im Laufe des Tages lässt der Druck etwas nach, ich nehme mir trotzdem vor, meiner Ärztin den Arm zu zeigen – natürlich ist es der linke!

»Ja, Frau Wendt, das scheint mir ein Lymphödem zu sein, das gibt es häufiger bei Brustkrebspatientinnen. Aber das bekommen wir mit Lymphdrainage, zwei-, dreimal wöchentlich, in den Griff.«

Das wird eine Dauertherapie, erfahre ich. Was heißt das? Immer Massagen? Nicht mehr verreisen, schon gar nicht in warme Regionen? Vielleicht könne man mal eine Woche aussetzen, länger kaum. Nein, nicht auch das noch. Wieso passiert das jetzt plötzlich? Drei Jahre ist alles gut, nun das. – Die erste Zeit gehe ich dreimal die Woche, später wird auf zweimal reduziert. Die Massage ist angenehm, ganz sanft, sie hilft wirklich. Aber ich hätte gut darauf verzichten können! Die Krankheit ist nun immer präsent, lässt sich schwer in die Ecke schieben.

Liebe Anna, *Hamburg, 9. Dezember 1993*

so ein Wetter – Sturm und Regen! Gerade bin ich zurück von meiner zweiten Lymphdrainage. Du liest richtig, das bedeutet Lymphödem im linken Arm. So wenig ich begreife, dass ich die ersten drei Jahre davon verschont geblieben bin, so wenig verstehe ich, warum das jetzt sein muss. Warum muss nach einem Höhenflug gleich wieder ein Absturz kommen? Es hat mich total kalt erwischt, damit habe ich nicht im Entferntesten gerechnet. Seit einer Woche etwa hat sich der Schmerz verstärkt, haben die Spannung und die Schwellung langsam zugenommen. Nach allem, was ich darüber weiß und auch von der Ärztin – auf mich bezogen – erfahren habe, muss ich mich wohl auf eine Langzeit-Therapie einstellen, vielleicht sogar auf eine Dauertherapie. Zunächst gehe ich dreimal die Woche hin, später kann es vielleicht reduziert werden. Die Einschränkungen – neben den Schmerzen – erlebe ich sehr stark. Mit dem Arm kann und darf ich nur wenig tun, was den anderen natürlich auch überlasten wird. Wenn ein Glied leidet …

Total fertig macht mich der Schmerz, der als solcher zwar zu ertragen, aber immer da ist. Und das macht die seelische Belastung aus, dieses ständige Da-Sein der Krankheit, dieses Nicht-vergessen-Können. Natürlich kommen auch ganz praktische Gedanken, und das werte ich durchaus positiv. Zum Beispiel lasse ich morgen mein Büro umräumen. Mein Aktenschrank steht links vom Schreibtisch. Linker Arm geht nicht, mit rechts stimmen die Bewegungsabläufe dann nicht mehr – also ändern!

Die Kinder reagieren sehr gut, wenn ich es ihnen erkläre. Michael fragte ganz entsetzt, ob das nun wieder Krebs sei, und meinte dann ganz erleichtert, es sei doch gut, dass ich Söhne mit »Muckis« hätte. Thomas hat lange überlegt, was er machen könne, um mir zu helfen. Unter anderem will er künftig das Bettenbeziehen übernehmen. Es ist wichtig für ihn, etwas tun zu können. Pit ruft auffallend häufig an, viel öfter als sonst.

Im Moment finde ich den Packen, den ich tragen muss, ziemlich groß.

März 1994

Trotz dieser Belastung entschließen wir uns ganz spontan, in den Frühjahrsferien 1994 mit den beiden jüngeren Kindern für sieben Tage nach New York zu fliegen. Was für eine Woche! Mit 16 bzw. 18 Jahren fahren sie eigentlich nicht mehr mit uns in den Urlaub, aber dies ist natürlich etwas anderes. Es ist strahlendes Wetter, allerdings bitterkalt. Für mich und meinen Arm gerade richtig; ich habe keine großen Probleme. Wieder einmal: Danke, Gott! Einen längeren Urlaub wagen wir nicht, fahren mehrmals wenige Tage weg – Paris, Rom, Verwandtenbesuch in Frankfurt. Es sind besonders schöne, intensive Reisen, vielleicht gerade, weil sie so kurz sind.

1. April 1994

Wir feiern meinen 50. Geburtstag. Es wird ein wunderbares Fest mit vielen Freunden. Essen, singen, lachen, tanzen – wir können fast unbeschwert fröhlich sein. Was ich mir wünsche? Dass ich gesund bleibe, andere Geschenke möchte ich nicht haben. Wir bitten meine Gäste um eine Spende für das Kinder-Krebszentrum im UKE.

Es folgen Monate voller Normalität. Den Sommer verbringen wir zu Hause, ich kann arbeiten, am Gemeindeleben teilnehmen, Hans in seiner Firma helfen. Das Leben ist schön!

Ich lebe sehr intensiv, genieße bewusst jeden Tag, zum Beispiel Malkursus, den ich einmal wöchentlich besuche. Ein Wochenende in Paris anstelle eines Sommerurlaubs. Einen Betriebsausflug für zwei Tage nach Berlin. Besuche bei Freunden, ein Frühstückstreffen in der Gemeinde. Thomas macht ein Praktikum in einem Hotel; schön, wenn er jeden Abend seine Erlebnisse erzählt. Ich kaufe mir ein neues Fahrrad und radel um die Alster, durch den Stadtpark, ins Niendorfer Gehege, an der Elbe entlang. Im Juli besuche ich Anna, drei herrliche Tage.

Hamburg im Sommer ist zauberhaft: leer, ruhig, es gibt Parkplätze in Fülle. Einen Tag bummeln Hans und ich durch die Innenstadt und spielen Touristen. Wunderbar, die Stadt ohne Hektik zu durchstreifen und Winkel und Plätze zu entdecken, die uns fremd sind. War dieses Haus schon immer hier? Seit wann ist dieser Platz so schön gestaltet mit Blumen und Straßencafé? Es entsteht eine ganze Fotoserie mit ungewöhnlichen Ansichten unserer Stadt.

Wir machen als Frauengruppe der Gemeinde eine Freizeit in Plön. Schöne, intensive Tage. Im Oktober besuche ich zusammen mit Anna eine Seelsorgeschulung in Schmiedeberg.

Mitte Dezember 1994

Ich muss mal wieder zur Untersuchung ins UKE. Es ist eine Routineuntersuchung, sollte mir eigentlich nichts ausmachen. Tut es aber doch! Mein Körper scheint sich zu weigern, diesen Weg zu machen. Ich muss mich dazu zwingen, mir ist abwechselnd heiß und kalt, schlecht ist mir auch. Wann hört es endlich auf, dass mein Körper mit mir Dinge macht, die ich nicht will und die ich nicht abstellen kann? Irgendwann soll man sich angeblich doch an alles gewöhnen?!? – Die Mammografie ist wie immer sehr schmerzhaft, mir schießen die Tränen in die Augen. Es ist alles in Ordnung, sagt die Ärztin. Die Bilder zeigen nichts Ungewöhnliches, die Tumormarker sind im üblichen Bereich. Trotzdem muss ich zu Hause erst mal einen Hefeteig bearbeiten – meine Art, die Dinge zu bewältigen. Und die Kinder freuen sich über den Hefezopf.

Das Jahr geht ruhig zu Ende. Außer den Untersuchungen, die mich jedes Mal so belasten, läuft mein Leben wieder normal. Nie hätte ich gedacht, dass ich dankbar sein könnte für Zeiten, in denen »nichts passiert«.

Das neue Jahr – 1995

Es bringt wieder Höhepunkte: ein langes Wochenende in Istanbul, einige Tage bei Anna, Mutters 80. Geburtstag.

April/Mai

Nun gibt es wieder eine Gruppenreise nach Israel, zusammen mit Anna. Toll, dass Hans wieder den gesamten Haushalt übernimmt und mich fahren lässt! Meine Masseurin hat einen großen Anteil daran, dass es möglich ist, diese zweiwöchige Reise zu machen. Sie zeigt Anna, die dafür extra nach Hamburg kommt, die nötigen Handgriffe und erklärt, worauf bei der Lymphdrainage zu achten ist. Wir werden es schaffen! Und tatsächlich, es geht. Durch die Wärme ist der Arm natürlich schneller dick, aber tägliche Massage hält die Schwellung in Grenzen. Meine eigenen Grenzen werden dadurch etwas weiter, wofür ich unendlich dankbar bin. Wiedersehen mit Reisegefährten von vor zwei Jahren, auch Reiseleiterin Ruth ist wieder dabei. Ein Wiedersehen auch vieler Orte und schöner Plätze, die für Anna und mich noch vom letzten Mal große Bedeutung haben.

Ich werde noch eine Woche länger in Jerusalem bleiben als die Gruppe, zunächst allein, die letzten drei Tage wird Hans dazukommen. Anna und ich sprechen mit der Reiseleiterin. Ruth ist eine großartige Frau. Während die Gruppe die Chagall-Fenster in der Synagoge des Hadassa-Krankenhauses ansieht – wir kennen sie schon –, geht sie mit uns zur Physiotherapie und stellt den Kontakt zu Judith, der Leiterin dieser Abteilung, her. Ich werde hier Lymphdrainage bekommen können, wie beruhigend! Die Gruppe hat von unserer Exkursion gar nichts bemerkt.

1. Mai 1995

Unser letzter gemeinsamer Tag in Israel. Die Reise endet in Tel Aviv, wir wohnen in einem Hotel etwas außerhalb der Stadt direkt am Strand. Der größte Teil der Gruppe macht sich auf ins Zentrum, wir bleiben lieber am Strand, brauchen keinen Trubel. Vor dem Abendessen machen wir einen langen Spaziergang am Wasser, lassen die Unendlichkeit des Meeres auf uns wirken, hören auf das unablässige Rauschen der Wellen. Möwen schießen kreischend über unsere Köpfe hinweg, der Sand fühlt sich wunderbar warm an unter unseren nackten Füßen. Wir sammeln Muscheln. Was ist eigentlich die Faszination, die von Muscheln ausgeht? Die Formen, die Farben, die Frage des Woher – Wohin? Es gibt Unmengen von Muscheln hier am Strand, auf den ersten Blick sehen sie alle gleich aus; erst bei genauerem Hinsehen bemerkt man die feinen Unterschiede. Etliche sind schon in meiner Jackentasche verschwunden, ich bücke mich immer wieder. Zu Hause werden sie Erinnerung sein an schöne Stunden, an intensives Erleben, an große Gefühle. Muscheln sollen Zeichen der frühen Pilger gewesen sein, habe ich irgendwo gelesen. Vielleicht, weil Muscheln unterwegs sind wie wir – vom Meer an den Strand getrieben und bei der nächsten Flut wieder mitgenommen ...

Einige Tage später, die Gruppe ist abgereist, ich bin umgezogen ins American Colony Hotel in Ostjerusalem. Ein wunderschönes Hotel mit einem zauberhaften Innenhof, in dem die Orangenbäume gleichzeitig Blüten und Früchte tragen. Mit dem Taxi geht es ins Hadassa-Krankenhaus. So einfach, wie ich es mir vorstellte, ist es nun doch nicht. Als Ausländerin gelte ich als Privatpatientin, muss also erst vom Professor untersucht werden. Der unterhält sich mit mir, erzählt, dass er eine deutsche Frau habe, aber selber kein Wort Deutsch könne. Nach einer Viertelstunde gibt er mir einen Schein für die Physiotherapie und die Rechnung, die ich zuvor an der Kasse begleichen muss: 650 Schekel, etwa 325 DM! Die Rechnung für die Lymphdrainage muss ich auch im Voraus bezahlen: 300 Schekel, ca. 150 DM. Wie gut, dass ich meine Kreditkarte dabei habe. Edit, eine junge Schweizerin, macht die Massage sehr gut und sehr behutsam. Ein zweites Mal will ich mir das nicht leisten. Aber ich bekomme einen guten Tipp: Wenn ich mal wieder nach Israel kommen sollte, genüge ein Rezept aus Deutschland, dann dürfe es auch eine niedergelassene Therapeutin machen, das sei erheblich billiger. – Bis auf 100 DM Eigenanteil bezahlt mir meine Reisekrankenversicherung die Behandlung, eine angenehme Überraschung. Da die Ursache für die Behandlung in einer Erkrankung liegt, die vor Versicherungsabschluss bestand, hatte ich damit gar nicht gerechnet.

Juni 1995

Mein Arbeitgeber wird in absehbarer Zeit Hamburg verlassen, was bedeutet, dass ich dann meinen Arbeitsplatz verlieren werde. Vielleicht ist es gut, wenn ich mich schon mal auf dem Arbeitsmarkt umsehe. Für Menschen in meinem Alter sind die Chancen sehr gering, das ist mir durchaus klar. Außerdem bin ich auch noch anspruchsvoll: Eine Halbtagsbeschäftigung soll es sein, interessant, nicht so weit entfernt, mit der Möglichkeit, selbstständig zu arbeiten ... Wieder darf ich Gottes gute Führung erleben. Anna schickt mir eine Anzeige, die sie entdeckt hat, mit den Worten: »Das ist doch *dein* Arbeitsplatz!« Ich bewerbe mich, werde sofort zu einem Gespräch eingeladen und bekomme die Zusage für diese Position! Es ist genau das, was ich gesucht habe: eine Stelle mit sehr selbstständiger Arbeit, viel Kontakt mit jungen Leuten, vier Stunden täglich, fast so wie jetzt, nicht weiter entfernt von meiner Wohnung als mein jetziger Arbeitsplatz. Trotz meines Hinweises auf meine Krankheit die prompte Zusage! Ich habe den Eindruck, Gott will mich »entschädigen«. Die Betroffenheit über meine Kündigung ist bei meinen Kollegen groß; gleichzeitig können sie mich verstehen und freuen sich über diese große Chance.

Juli 1995

Jetzt gönne ich mir eine Kreativwoche im Kirchröder Turm. Aquarellmalen steht auf dem Programm, andere Gruppen arbeiten mit Seide, lernen kreatives Fotografieren oder Tanzen. Es macht Spaß, zusammen mit anderen etwas zu erarbeiten und am Abend die Ergebnisse auszutauschen. Auf dem Rückweg mache ich Station bei Anna.

Oktober 1995

Ermutigt durch meine Israelreise im Frühjahr gönnen Hans und ich uns einen Traumurlaub: drei Wochen USA! Wir haben gelernt, die Massage gemeinsam zu machen – ich den vorderen Teil, Hans den Rücken. Es geht prima. Wir können uneingeschränkt San Francisco, die klassische Western-Route, New Orleans und Atlanta genießen. Wir tanken mit Leib und Seele auf.

Wie nötig das ist, können wir noch nicht ahnen. Zwei Tage nach unserer Rückkehr kommt meine Mutter ins Albertinen-Krankenhaus. Neben Beruf und Haushalt fahre ich vier Wochen lang jeden Tag zu ihr. Das ist zeitraubend und anstrengend, körperlich und seelisch belastend.

»Ihre Mutter wird nicht wieder allein leben können«, sagt ein junger Arzt zu mir.

Und das, ohne dass in irgendeiner Weise versucht wurde, sie zu rehabilitieren. So schnell geht das nicht, wir informieren uns erst einmal, wie es mit häuslicher Pflege gehen könnte.

In diesen Wochen passiert es:

Wieder unter der Dusche zucke ich wie elektrisiert zurück.

Es kann nicht sein, du siehst Gespenster, Margret.

Doch, es kann sein: ein Knoten an der Narbe in der Achsel.

Vielleicht sollte ich besser das Duschen lassen!

Dieses Mal habe ich keine Zweifel, die »pacmen« sind wieder da, diese alles fressenden Monster. Ich fahre zur Mammografie, zum Ultraschall und auch gleich zu Dr. P.

»Ich wollte Sie vor meiner Pensionierung eigentlich nicht wiedersehen, Frau Wendt.«

Ich lächle unter Tränen.

Auch dieses Mal brauche ich Aufschub. Nächste Woche fängt meine Nachfolgerin im Büro an, ich wollte sie in den nächsten sechs Wochen einarbeiten. Jetzt muss sie es in einer Woche schaffen. Diese letzten Tage im Büro hatte ich mir wahrlich anders vorgestellt. Nun stehen wir alle unter einem großen Druck. Bei mir vor allem ist es natürlich die psychische Belastung, die diese Zeit so anstrengend macht. Ich versuche normal zu leben.

Was ist normal?

Ist Gesundheit normal?

Ist Krankheit normal?

Ist es normal, dass der Krebs nun schon das dritte Mal nach mir greift?

Einen Tag bevor ich ins Krankenhaus gehe, ist die Gesundheitsprüfung bei meinem neuen Arbeitgeber. Ich erkläre gleich, was los ist. Am Nachmittag ruft mich der Vorstandsvorsitzende an. Ich solle mich melden, wenn ich wieder zu Hause sei, an der Abmachung würde sich nichts ändern. Ist es zu fassen? Einigermaßen ruhig gehe ich in die Operation.

Im Nebenbett liegt eine Frau in meinem Alter, wir kommen gut miteinander aus. Am Abend kommt ihr Sohn – den kenne ich doch? Es ist ein ehemaliger Klassenkamerad unseres jüngsten Sohnes. Die Jungs treffen sich an unseren Krankenbetten, versuchen locker zu bleiben. Innerlich werden sie beide damit zu tun haben, ihre Betroffenheit mit sich selber abzumachen. Die andere Frau darf schon nach zwei Tagen nach Hause, es war blinder Alarm. Ich freue mich für sie und bin überrascht, dass ich das kann. – Jetzt habe ich das Zimmer für mich allein.

Liebe Anna, *Elim, 10. November 1995*

ich weile nun wieder unter den Lebenden und will versuchen – so gut es geht – im Bett ein wenig mit Dir zu reden. Meine Bettnachbarin ist nett (ich bin leider nicht allein), aber sehr redselig. So muss ich demonstrativ etwas tun – lesen, schreiben, Kopfhörer aufsetzen –, um meine Ruhe zu haben. Gerade kam sie von der OP zurück, wurde aber nur lokal betäubt, ist also munter wie zuvor. Aber sie wird morgen schon entlassen.

Danke für Deinen Willkommensgruß! Fühlte mich doch gleich wieder heimisch, zumal mich auch einige der Schwestern noch kannten. Ich habe auch all Deine liebe Post mitgenommen und noch einmal in Ruhe gelesen. Danke für Deine guten Worte, für Dein Mitfühlen, -tragen, -beten. In so vielem triffst Du den Kern, und die mitgeschickten Texte spiegeln meine innere Zerrissenheit wider. (...)

Neulich habe ich gesagt, ich fühle mich wie Hiob. Mein Pastor hat mir so nett geschrieben und auf einige Stellen im Hiob-Buch Bezug genommen. Daraufhin habe ich heute Morgen noch mal das ganze Buch gelesen und gedacht, es ist eigentlich vermessen, mich ausgerechnet mit Hiob zu vergleichen. Was sind eine kaputte Waschmaschine, ein doppelter Nasenbeinbruch des Sohnes, zwei Todesnachrichten, ein schwer verletzter Schwager, eine hilfsbedürftige Mutter, ein demoliertes Auto und eine dritte Krebsoperation nebst Bestrahlung, nicht zu vergessen der abrupte Abschied von meinem Büro, alles nach einem traumhaften Urlaub, gegen die Leiden eines Hiob? Aber wie sage ich doch immer? »Auch ein Schnupfen ist schlimm, wenn man drinsteckt!«

Anna kommt für drei Tage nach Hamburg, besucht mich jeden Tag – ein Geschenk für mich!

Liebe Anna, *Elim, 13. November 1995*

es ist schon 22.30 Uhr, und ich kann noch nicht schlafen. Es ist so vieles in mir durcheinander, unzählige Gedanken und Gefühle ver-

mischen sich, und ich will versuchen, irgendeine Ordnung zu finden.

Der Abend mit Dir hier am Krankenbett war so schön, wobei dieses Wort eigentlich gar nicht richtig passt. Unsere Gespräche, unser Schweigen, Dein Beten, die Musik – alles hat wieder so viel in mir aufgewühlt. Gleichzeitig spüre ich ganz in der Ferne, noch im Nebel, dass irgendwann, irgendwie Friede von mir Besitz ergreifen kann. Ich kann das nicht machen (es ist schon viel, wenn ich eingestehe, dass ich etwas nicht machen kann!), aber ich wünsche mir, dass es still wird in mir. Ein ganz kleiner Anfang ist, glaube ich, schon gemacht. Mir ist dazu das Bild vor Augen, wie sich ein Keim durch den winterharten Boden nach oben arbeitet – oder eben eine kleine Blume an der Felswand wächst, wie auf der Karte, die Du mir mitgebracht hast. Vielleicht habe ich doch ein wenig von Hiob, der sich trotz allem an Gott gehalten hat. Ich will mich ebenfalls weiter an ihm festhalten, auch wenn ich gerade nach dieser Hand suchen muss. Danke, dass Du mir dabei hilfst!

Liebe Anna, *14. November 1995*

es geht mir gut heute Morgen, ich genieße das Alleinsein, die Ruhe. Ich habe nicht so gut geschlafen, aber die Nacht zum Denken, Sortieren, Beten, Erinnern und »Muschelnsuchen« genutzt. Im Augenblick ist es wirklich friedlich in mir. Ich bin zwar nicht viel schlauer, habe auch keine Antworten, aber ich kann – jedenfalls zur Zeit – akzeptieren, dass der momentane Weg wohl eine Fahrt ins Blaue ist. Ich habe solche Fahrten nie geschätzt, weiß in allem lieber, wo es langgeht, plane und bestimme meinen Weg immer noch am liebsten selbst, aber ich will versuchen, mich darauf einzulassen, dass »ein anderer mich gürtet und führt, wohin ich nicht will«. Wenn es stimmt, dass Gott keine Fehler macht, dann will ich mitgehen und mich darauf verlassen, dass er Weg und Ziel weiß und dass es ein gutes Ziel ist. Ich bin ruhiger als gestern, bin dabei, meine Mitte zu finden. Heute Morgen habe ich in Hiob gelesen: »Das Gute nehmen wir an von Gott, und das Böse sollten wir nicht annehmen?« (Kap. 2,10b; Zürcher Übersetzung). Nun erinnere ich mich all des Guten und spüre vielen wunderbaren Erlebnissen nach. Die Tiefen, durch die ich schon musste und die ich auch jetzt wieder erlebe, sind zwar besonders dunkel, aber ich will die Höhen nicht vergessen.

Die Adventsfeier der Frauengruppe kann ich wohl nicht mitmachen, sie zumindest nicht gestalten. Zwei andere Frauen übernehmen das. Das Thema ist »Friede auf Erden«. Ich möchte den Frauen einen Gruß schicken, versuche, meine Gedanken zum Frieden in ein Gedicht zu fassen. Ein Gedicht ist entstanden, allerdings passt es nicht zur Weihnachtsfeier. Aber es drückt viel von dem aus, was ich in diesen Tagen empfinde.

Frieden

Du hast gesagt, du gibst mir deinen Frieden,
den Frieden, der viel größer ist als ich.
Du hast gesagt, du willst mich stets begleiten,
und deine Kraft und Zuversicht umhüllen mich.

Du hast gesagt, ich kann mit allem kommen,
was mich bedrängt und meine Seele quält.
Du hast gesagt, du fängst mich, wenn ich falle,
und dass mich deine Liebe stets umfangen hält.

Du hast mir viel geschenkt und viel verziehen,
du hast auf Höhenwege mich geführt.
Du hast in Tiefen mich ganz fest gehalten
und oftmals meine Seele sehr berührt.

Doch heute kann ich deine Wege nicht verstehen,
kann nicht erkennen, was du von mir willst.
Ich fühle mich alleine und von dir verlassen
und spüre nichts, womit du meine Fragen stillst.

Ich sehe Nebel, taste langsam Schritt für Schritt,
weiß nicht, was morgen, übermorgen werden soll.
Ich fürchte mich, ich stolpere und falle
und bin von Angst und Sorgen übervoll.

Als Heil und Hoffnung kamst du auf die Welt,
als Friedefürst bist du zu uns gekommen,
doch meine Seele schreit und sucht nach dir,
und aller Friede ist in mir zerronnen.

Du hast es selbst erlebt, was ich jetzt fühle,
du hast gelitten, alle Tiefen durchgemacht.
Du kennst die Einsamkeit und auch die Angst vor morgen.
Du hast geschrien zu Gott in dunkler Nacht.

Du hast gesagt, du weißt um meine Angst,
und du hast alle Welten überwunden.
Herr, fang mich auf und halt mich fest,
lass meine bange Seele doch gesunden!

Ich bin bereit, ich will mich allem öffnen,
was du an Trost und Hoffnung für mich hast.
Ich will versuchen, alles abzugeben.
Herr, gib mir Frieden, nimm du meine Last.

Du hast gesagt, du gibst mir deinen Frieden,
den Frieden, der viel größer ist als ich.
Du hast gesagt, du willst mich stets begleiten.
Ich glaub es, Jesus, und ich bau auf dich.

Ich muss wieder bestrahlt werden. Der Weg ins UKE zieht sich wie Kaugummi. Ich bringe es kaum fertig, die Treppe in das zweite Kellergeschoss hinunterzugehen. Welcher feinfühlige Mensch hat ausgerechnet für diese belastende Therapie Räume tief unter der Erde ausgesucht? Wie hilfreich wäre ein Blick aus dem Fenster, das Zwitschern der Vögel, das Nachspüren vorüberziehender Wolken;

selbst strömender Regen, der die Fensterscheiben netzt, wäre tröstlicher als das Rauschen der Abwässer in den Rohren hier unten.

In jeder Ecke lauert die Erinnerung. Es kostet unglaubliche Überwindung, durch die Tür mit dem Strahlenzeichen zu gehen. Wieder allein in diesem schrecklichen Raum, von Kameras bewacht, wieder die Faust in meinem Magen. Allein sein – hier spüre ich mit allen Fasern des Körpers und des Herzens, was das heißt, auch wenn es jeweils nur wenige Minuten sind. Wieder nicht waschen, nur pudern. Wieder Übelkeit, aber dieses Mal habe ich mit Zäpfchen vorgesorgt. Man kann sich an vieles gewöhnen, an dieses nicht.

Es hat einen Skandal gegeben im UKE, die Zeitungen sind voll davon. In der Frauenklinik waren Patientinnen mit zu hohen Dosen bestrahlt worden, hatten bleibende Schäden davongetragen. Ein Anwalt vertritt mehrere von ihnen, schildert auch im Fernsehen die Probleme dieser Frauen. Schlimme Schicksale werden dort zur Schau gestellt. Und ich sitze hier und muss diese Prozedur erneut über mich ergehen lassen. Der Chef der Klinik kommt in den Warteraum und versucht uns aufzuklären, uns zu beruhigen. Es sei alles ganz anders, keinesfalls so schlimm, wie die Medien es schildern. Er fasst die Fälle, in denen Schäden entstanden sind, in geringe Prozentzahlen. Aber wir sind keine Prozentzahlen, wir sind Frauen, die in ihrer jetzigen Situation sehr verletzbar sind, die Angst haben. Ich habe meine Tante vor Augen, sehe ihre grauenhaft verbrannte Haut. Was soll ich tun? Den Krebs wuchern lassen oder das Risiko von Strahlenschäden auf mich nehmen? Von zwei Übeln das kleinere wählen – und welches ist kleiner? Ich schaue in die Runde, sehe Frauen, die genauso unsicher sind wie ich. »Wie Schafe, die zur Schlachtbank geführt werden.« Gott, sag du mir, was ich tun soll! In diesem Augenblick werde ich aufgerufen. Also gut, soll es sein.

Auf dem Heimweg komme ich an einer Arztpraxis vorbei, das Schild sticht mir in die Augen. Ist die Praxis neu oder habe ich sie nur noch nicht bemerkt? »Immunbiologische Krebsnachsorge« steht auf dem Schild. Das ist es! Ohne zu zögern, betrete ich die

Praxis. Ich hatte im Laufe der letzten Jahre viel über meine Krankheit und über die verschiedensten Behandlungsmethoden gelesen. Die Gesellschaft für Biologische Krebsabwehr empfiehlt sehr, begleitend zur Strahlentherapie das Immunsystem zu stärken.

Die Ärztin, Frau Dr. M., macht einen Vertrauen erweckenden Eindruck; alles, was sie mir erklärt, ist sehr schlüssig. Ich sehe es als Fingerzeig Gottes, dass ich das gerade heute entdecke. Spontan entschließe ich mich zu bleiben und gleich mit der Therapie zu beginnen. Eine Infusion wird gelegt, etwa eine halbe bis drei viertel Stunde tropfen verschiedene Medikamente in meine Vene, die das Immunsystem stärken sollen.

»Sie brauchen nur einen Antrag bei der Krankenkasse zu stellen, Frau Wendt«, sagt Dr. M., »das ist eine reine Formsache. Ich habe einige Patienten, die bei der gleichen Kasse versichert sind wie Sie. Da hat es keine Schwierigkeiten gegeben.«

Ich weiß, dass die Misteltherapie, die auch zu dieser Behandlung gehört – ich spritze mir das Medikament schon länger –, anthroposophischen Ursprungs und eigentlich mit meinem christlichen Glauben nicht gut vereinbar ist. Die Auseinandersetzung damit macht mir einige Schwierigkeiten. Darf ich das? Ist die Frage so richtig gestellt? Andererseits hat Gott diese Pflanzen wachsen lassen, warum nicht auch mir zur Heilung? Das klingt jetzt vielleicht etwas zu einfach, aber Menschen in meiner Situation greifen nach jedem Strohhalm. Und wenn die Krankenkassen diese Therapie bezahlen, dann haben sie bereits so viele Untersuchungen anstellen lassen, dass sie einen Erfolg für möglich, zumindest nicht für ausgeschlossen halten. Außerdem nehme ich mit einem Medikament nicht auch gleich eine Weltanschauung zu mir.

Von nun an gehe ich also fünfmal wöchentlich zur Bestrahlung, dreimal zur Infusion, zweimal zur Lymphdrainage. Meine Zeit ist gut gefüllt. Tatsächlich vertrage ich die Bestrahlung erheblich besser als vor fünf Jahren.

Bei diesen Sitzungen kommt man natürlich mit den Mitpatienten ins Gespräch. Schicksale tun sich mir auf! Manchmal komme ich mir ganz klein vor. Was ist schon dran an meinen Problemen, anderen geht es viel schlechter. Helfen können solche Gedanken allerdings nicht.

Die Vene in der rechten Armbeuge ist schon ganz zerstochen, die linke ist tabu. Manchmal ist es unmöglich, die Nadel einzustechen, dann muss der Handrücken herhalten – eine schmerzhafte Angelegenheit.

21. Dezember 1995

Abschiedsfeier im Büro. Es geht mir einigermaßen gut, so dass ich dabei sein kann. Mit mir wird noch ein weiterer Mitarbeiter verabschiedet. Die Kollegen haben den Nachmittag zauberhaft gestaltet. Sie wissen, dass ich ein Israel-Fan bin. So leuchtet mir, als ich den Festraum betrete, von der gesamten Wand ein Dia des Jerusalem-Panoramas entgegen. Eine Gruppe der jüdischen Gemeinde wurde engagiert und spielt und singt Klezmer-Musik. Ich bin völlig durcheinander – glücklich und traurig zugleich. In launigen Sketchen werden Blitzlichter meiner Tätigkeit dargestellt, originell und humorvoll. Es wird mir schwer fallen, diese tolle Truppe zu verlassen.

Über Weihnachten ist Pause im UKE, danach geht es gleich weiter. Am 5. Januar 1996 ist Schluss.

Januar 1996

Ich habe mit meinem künftigen Arbeitgeber gesprochen, musste ihm erklären, dass ein Arbeitsbeginn am 2. Januar 1996 wohl nicht möglich sein wird, zumal ich am 9. Januar wieder auf dem OP-Tisch liegen werde. Das Verständnis, das mir entgegengebracht wird, ist überwältigend. Man lege großen Wert darauf, mich als Mitarbeiterin zu haben, also werde man auf mich warten. Ich kann es kaum fassen. Natürlich freue ich mich darüber, obwohl es mir langsam unangenehm wird.

Noch eine Operation. Vielleicht beobachte ich mich zu genau. Ende Dezember habe ich in der Leiste einen Knoten entdeckt. Geht es nun weiter? Hat der Krebs sich ausgebreitet? Die Ärztin glaubt es nicht, hat aber auch keine Erklärung, was es sein könnte. Also raus damit. Gott sei Dank – es ist harmlos, kein Krebs.

Die immer kürzeren Abstände zwischen den Operationen, die Strahlenbelastung, meine seelische Verfassung – es ist alles zu viel für mich. Ich erhole mich nur ganz langsam. Meine Ärztin empfiehlt mir dringend eine Kur. Als Anschlussheilbehandlung sei das sofort zu machen.

Liebe Anna, *Hamburg, 21. Januar 1996*

danke für Dein Päckchen mit den Briefen. Doch, ich habe es ausgehalten, jeden Tag nur einen zu öffnen – wie bei einem Adventskalender! (...)

Inzwischen habe ich ein weiteres Gespräch mit Herrn K. geführt, meinem künftigen Chef – fiel mir sehr schwer. Ich habe angedeutet, dass es noch Monate dauern könne, bis ich wieder arbeitsfähig sei. Er meinte, ich brächte ihn ja in erhebliche Schwierigkeiten, was aber nicht als Vorwurf formuliert war. Recht hat er, das macht es unter anderem für mich auch so schwierig. Er hätte viel mit seiner Frau darüber gesprochen, und ich sei ja eindeutig diejenige, die den schwierigeren Part in diesem Drama habe. Ob ich nicht zu einem persönlichen Gespräch kommen könne? Zur Zeit bin ich dazu nicht in der Lage. Er geht jetzt erst mal zwei Wochen in Urlaub und meldet sich danach bei mir. Während dieser Zeit muss ich mich mit einem Sozial- und Arbeitsrechtsberater in Verbindung setzen, an den mich meine Ärztin verwiesen hat. Sie warnt mich dringend davor, mei-

nerseits zu kündigen, obwohl ich aus Fairnessgründen den Arbeitsplatz gern freigeben würde. Aber natürlich muss ich mich vergewissern, ob ich mich damit nicht irgendwelcher Rechte beraube. Du meine Güte, ist das alles verfahren! Dass diese Situation nicht gerade zur schnellen Genesung beiträgt, liegt auf der Hand. Und dann die ewigen »Wenn« und »Aber« und »Hätte ich doch . . .«!

Liebe Anna, *Hamburg, 24. Januar 1996*

gerade habe ich Deinen Brief gelesen, danke! Deine einfühlsame Art und die Fähigkeit, den richtigen Ton im richtigen Moment zu treffen, tun mir gut. (. . .)

Noch mal zurück zu meinen Problemen. Ich muss zugeben, dass sie den größten Teil meiner Briefe ausmachen, aber sie machen zur Zeit eben auch den größten Teil meines Lebens aus. Inzwischen weiß ich, dass ich in den ersten sechs Monaten, in der Probezeit, keinerlei Rechte habe. Der Arbeitgeber kann ohne Angabe von Gründen kündigen. Nun hoffe ich, dass er es tut.

Es ist schon ein harter Brocken, dass ich den neuen Job nicht anfangen kann, der alte Arbeitsplatz weg ist und ich mich mit der Tatsache abfinden muss, dass mich niemand haben will. Ich habe zwar Selbstbewusstsein genug (irgendwann finde ich die Schublade, in der ich es abgelegt habe), aber wenn einem der Beruf aus den unterschiedlichsten Gründen viel bedeutet hat, kann man mit dieser Situation nicht so locker umgehen.

Es ist gut, dass Du das Thema »Leben, Tod, Grenzen« ansprichst. Ich weiß, dass Du gemerkt hast, wie es in mir arbeitet. Es ist eine Sache zu wissen, dass unser Leben hier endlich ist und uns bei Jesus ein viel besseres Leben erwartet. Eine ganz andere ist es, mit den eigenen Lebensgrenzen konfrontiert zu werden. Die Form der Auseinandersetzung ist völlig anders und geht in Tiefen, von denen ich selbst nicht geahnt habe, dass es sie gibt. Warum macht der Gedanke an den eigenen Tod so ängstlich, warum freuen wir uns nicht mehr auf das Leben in der Ewigkeit? Ist es dies: Was ich habe, weiß ich, was kommt, kann ich nicht einmal ahnen? Ich weiß nur, dass das Meer aufgewühlt ist und ich in dem schwankenden Boot Angst habe. Es gibt schon hin und wieder Augenblicke, in denen ich mich geborgen fühle, aber die vergehen meist sehr schnell wieder.

In diese Tage fällt der Anruf meines neuen Arbeitgebers. So langsam müssen sie wissen, was nun wird mit mir. Vier bis sechs Wochen Kur – das wird doch zu lange. Also trennen wir uns. Das Unternehmen muss die Chance haben, noch zum 1. April eine andere Mitarbeiterin zu finden. Einerseits bin ich erleichtert, die Sache hatte mich zunehmend belastet. Auf der anderen Seite habe ich wieder einige Anfragen an meinen Gott:

War nicht alles so eindeutig gewesen?

Hatte nicht alles so genau zueinander gepasst?

War das Timing nicht so genial, dass gar kein Zweifel daran bestehen konnte, dass dies Gottes Weg mit mir war?

Wie konnte ich alles so missverstanden haben?!

Warum, Gott, warum?

Wenn das nicht der von dir für mich vorgesehene Weg war, welcher ist es dann?

Und warum so schreckliche Umwege?

Fragen, Fragen, Fragen ...

20. Februar 1996

Die Kur ist kurzfristig genehmigt worden, ich bin auf dem Weg nach Kassel-Wilhelmshöhe. Die Koffer wurden schon am Samstag vorher abgeholt. Für vier Wochen, und das im Winter, brauche ich eine Unmenge von Dingen.

Der Weg im Taxi vom Bahnhof bis zur Klinik ist nicht weit. Vor mir liegt die Herkules-Statue, tief verschneit der Park davor. Die Lobby der Klinik macht den Eindruck, als handele es sich mindestens um ein 4-Sterne-Hotel. Die Zimmer sind allerdings recht klein, kaum mehr als zehn Quadratmeter, aber freundlich und hell, haben einen Balkon, das Duschbad ist winzig. Ich werde durchs Haus geführt, ohne Begleitung hätte ich mich sicher verlaufen. Durch An-, Um- und Neubauten ist ein großer, unübersichtlicher Komplex entstanden. Man gibt mir eine Wegbeschreibung zu den einzelnen Therapie-Abteilungen, den Speise- und Aufenthaltsräumen, aber die ist eher verwirrend. Es gibt einen direkten unterirdischen Zugang zur Kurhessen-Therme, einer riesigen Badelandschaft. Die werde ich sicher nutzen.

Auf meinem Zimmer erwartet mich ein Brief von Anna, wie schön!

„Der Herr, dein Gott, ist bei dir." (Zefanja 3,17)

Liebe Margret, *19. Februar 1996*

nun bist Du also hoffentlich gut in Kassel gelandet – herzlich willkommen! Ich wünsche Dir, dass Du Dich äußerlich ganz schnell zurechtfindest, Dich wohl fühlen kannst und oben stehende Zusage für Dich erfahrbar wird bzw. bleibt. Natürlich wünsche ich Dir noch mehr, (...) zum Beispiel hilfreiche Infos, gute Begegnungen, innere und äußere Stabilität, Gelassenheit, Perspektiven, Zeit für Dich, Zeit mit unserem Herrn. (...) Und dann wünsche ich Dir sehr, dass Deine Seele ankommt und Dich Gottes Frieden in Beschlag nimmt. Ich weiß, es lässt sich nicht machen und braucht Zeit. Zeit hast Du nun, und so bleiben für mich Wunsch und Hoffnung, dass Du Deine Fragen sortieren kannst. Aber auch das geht ja bekanntlich nicht auf Kommando. Auf alle Fälle begleiten Dich meine Gebete!

Schalom! *Deine Anna*

Von wegen Zeit haben! Die ersten Tage vergehen mit dem Eingewöhnen, mit vielen Untersuchungen und dem Erstellen des »Stundenplanes«. Es ist schwierig, neben dem Pflichtprogramm aus dem reichhaltigen Angebot auch noch eine Kür zusammenzustellen. Mein erster Entwurf stellt sich bald als ungeeignet heraus. Wenn ich alles machen würde, was ich muss und was ich möchte, bliebe zwischendurch kaum Zeit zum Umziehen und für die nötigen Ruhepausen.

Am Abend werden »sakrale Tänze« angeboten, die ich sehr gern mitmache. Eine äußerst sympathische Therapeutin leitet uns einfühlsam an. Am zweiten Abend tanzen wir zum Abschluss das Gebet von Franz von Assisi »O Herr, mach mich zu einem Werkzeug deines Friedens«. Trotz aller Umstellung, Aufregung, Anstrengung falle ich an diesem Abend zwar ziemlich erschöpft, aber ausgeglichen und ruhig ins Bett.

Das Wetter ist traumhaft – viel Schnee, eine trockene Kälte bei strahlendem Sonnenschein. Ich nehme mir Zeit zum Spazierengehen, der Park direkt vor der Haustür und der Weg hinauf zum Herkules bieten sich für Wanderungen jeder Länge an.

Liebe Anna, *Sonntagmorgen, 25. Februar 1996 – 7 Uhr*

nachdem ich schon seit 5 Uhr wach liege, bin ich dann doch aufgestanden, habe mir die Haare gewaschen, mir in der Stationsküche einen Tee gemacht und sitze nun hier bei schöner Musik (Kerzen darf man leider nicht anzünden) und beginne den Tag mit Dir. Die Tage, die ich nun hier bin, waren so voll, dass ich kaum zur Ruhe gekommen bin. Das geht mir aber nicht allein so, viele klagen darüber. Es geht der Spruch um: »Ich hetze von einer Entspannung zur anderen.« Die »Psychos« (fast nur junge Leute, das überrascht mich) laufen eine Woche tatenlos rum, bevor sie Behandlungen bekommen, das gehört zur Therapie. Wir »Onkos« und auch die »Inneren« gehen gleich in die Vollen, bremsen muss man selber. Vieles möchte man gern, muss aber erst nach und nach herausfinden, was wirklich gut tut und was nur Füllung ist. Wenn man, wie viele hier, wochen- oder gar monatelang stillgelegt war, ist der

Drang, nun endlich wieder loszulegen, sehr stark. (...) Gestern war ich mit einer Zimmernachbarin unterwegs, wir sind fast vier Stunden gelaufen, durch den Tiefschnee gestapft, einen Hang auf allen vieren hinaufgeklettert und haben uns dann bei einem wunderbaren Blick über Kassel oben neben dem Herkules Tee und ein gutes Stück Torte gegönnt. Abends dann in die Therme, um die Muskeln zu entspannen. Es geht mir gut hier! (...)

Wie kommst Du übrigens darauf, ich hätte Zeit? Doch nicht in einer Kur! Die Tage sind wirklich stramm. Und dann kommt dazu ja auch immer noch meine Mentalität/mein Temperament und das Gefühl, vieles (noch?) machen zu müssen/zu wollen/zu dürfen/zu können. Etwas kraus, aber ein Spiegel meines Inneren.

Vor mir auf dem Schreibtisch steht Deine Karte mit dem Lied »Ich lobe meinen Gott, der aus der Tiefe mich holt, damit ich lebe«. Es singt in mir immer wieder; manchmal klingt es wie Lob, manchmal wie Klage, manchmal wie Hilflosigkeit. Es ist von allem etwas da, es wechselt oft in meinen Empfindungen. »Der aus der Tiefe mich holt ...« – ich denke, das ist schon geschehen. Aber in den Fesseln verheddere ich mich doch immer wieder, und mein Schmetterling hat noch recht lahme Flügel. Meine Gedanken wandern natürlich auch immer wieder nach Hause und sind belastet mit Dingen, die ich lieber loslassen sollte – aber wie? Man hat mir hier Einzel- und/oder Gruppengespräche mit einem Psychologen angeboten, aber davon kann ich noch keinen Gebrauch machen. Ich glaube, dass Schritte, die ich aus der Kraft Gottes und auch aus meinen eigenen Entschlüssen und in meinem eigenen Tempo mache, sicherer sind. Vielleicht liege ich damit falsch, ich weiß es nicht.

Liebe Anna, *29. Februar 1996*

gerade komme ich vom Mittagessen und habe noch etwas Zeit, bevor ich zum Yoga gehe. Heute ist ein wunderbar ruhiger Tag, dem Wetter angepasst (Nebel) und sehr angenehm. Es sind nur entspannende Sachen dran: morgens eine sehr schöne »Lichtmeditation« in der

Kapelle, da komme ich wirklich zur Ruhe, kann die Stille mit meinen Gedanken füllen; später dann Lymphdrainage, gleich Yoga, dann frei, eventuell noch Seidenmalen und abends Bewegung nach Musik. Später wird noch Singen angeboten, da war ich noch nicht, bin mal gespannt. Ich habe auch wieder angefangen zu malen. Überall in meinem Zimmer stehen, liegen, hängen fertige oder angefangene Bilder; jeder, der hereinkommt, spricht mich darauf an.

Die einzige Anspannung heute war die Chefarztvisite. Er ist ein sympathischer Mensch, aber das erneute Eintauchen in die Krankheit, das Erörtern meiner Therapien, von denen manche bisher noch nicht gegriffen haben, sind schon beengend und bedrohlich. Ich merke immer mehr: Dies ist nicht Erholung nach *der Krankheit, nein, ich stecke noch mittendrin. (...)*

Jeder Patient hat in einem Raum neben dem Foyer ein Postfach. Kaum ist der Postbote weg, strömen alle nach unten in der Hoffnung, Post vorzufinden. Wie wichtig ist diese Verbindung zur Familie, zu den Freunden! Ich habe mir das *Hamburger Abendblatt* hierher bestellt, kann also sicher sein, jeden Tag etwas zu finden. Aber viel wichtiger sind natürlich die Karten und Briefe, die zum Glück reichlich eintreffen. Es tut mir unglaublich gut zu merken, dass andere an mich denken, für mich beten und mir das auch schreiben. Lange Briefe, kurze Grüße, schöne Karten, Berichte über das Familien- und Gemeindeleben – alles freut mich und hilft über manchen dunklen Tag hinweg.

Liebe Margret, *2. März 1996*

(...) nun aber erst einmal DANKE für Deine beiden Briefe. Ich freue mich riesig für Dich, dass Du immer noch von einer lokalen Krebserkrankung ausgehen kannst. Und ich wünsche Dir, dass Du irgendwann diese Ergebnisse auch als Freude empfinden kannst. Noch sitzt sicher mehr der Schrecken im Nacken. (...) Jedenfalls spüre ich aus Deinem Erzählen ganz viel Bewegung heraus. Bei mir

entsteht auch der Eindruck, dass Dir ein Gegenüber zum Reden fehlt. (Deine Sperre gegenüber dem Psychotherapeuten kann ich verstehen!) Ich spüre auch, dass Du innerlich noch manche Achterbahnfahrt bewältigen musst. Hier noch einmal ein Gedanke zu dem Lied, dass ich Dir neulich geschickt habe. Wenn Gott uns aus der Tiefe holt, dann ist dazu ein Weg nötig. Um Wege zu bewältigen (egal wie!), ist Zeit nötig – manchmal geht's nur im Schneckentempo, manchmal im Galopp, manchmal dazwischen. Auch bei den anderen Beschreibungen – die Fesseln lösen, das Schweigen brechen, die Tränen trocknen – wird doch ein Prozess in der Begegnung mit unserem Herrn beschrieben. Da darfst Du Dich an die Hand nehmen lassen! Du darfst klagen, Fragen stellen, Gefühlen nachspüren, Dir Zeit geben ... und dann auch entdecken, wenn manche Strophe wieder fröhlicher und leichter klingt. Du hast zu viel hinter Dir, als dass Du schon ausgeglichen sein könntest. Gut, dass Du manches ins Bild bringst, ich schau sie mir gerne an! (...)

Deine Anna

Zum Gottesdienst fahre ich mehrmals in die Gemeinde in Kassel-Möncheberg, aber zum Weltgebetstag gehe ich mit meiner Kur-»Kollegin« in die nahe gelegene Landeskirche. Der Abend wird von den Frauen verschiedener Konfessionen sehr schön gestaltet, und ich empfinde hier in der »Fremde« die weltweite Verbundenheit durch das Gebet noch mehr als zu Hause. Dort sitzen die Frauen jetzt auch im Gebet zusammen.

Zu Beginn der letzten Kurwoche erwischt mich ein Virus. Das Fieber steigt auf über 40 °C, ich zittere und schwitze abwechselnd. Ein quälender Husten hat mich befallen, ich kann mich nur im Bett aufhalten, bekomme Antibiotika, inhaliere und schlafe, schlafe, schlafe. Schade, ich hatte mir für die letzte Woche noch einiges vorgenommen. Nun werde ich natürlich auch in der Erholung zurückgeworfen. Man bietet mir an, eine Verlängerung zu beantragen, aber das möchte ich nicht. Vier Wochen ohne Familie und für die Familie vier Wochen ohne mich sind genug.

18. März 1996

Abschiedsstimmung – die Koffer sind gepackt, werden morgen früh vom Kofferservice der Bahn an der Rezeption abgeholt. Es ist schon merkwürdig, irgendwie ist mir mein kleines Refugium ans Herz gewachsen. Meine Sachen haben sich auf eigenartige Weise vermehrt, hoffentlich kriege ich den Rest noch in mein Handgepäck. Tatsächlich habe ich die ganze Woche gebraucht, um wieder einigermaßen auf die Füße zu kommen.

Heute Morgen war ich noch einmal hier in Kassel zum Gottesdienst, es war schön.

Ja, und nun überlege ich, was mir die Zeit hier gebracht hat. War es, wie ich es erwartet hatte? Was hatte ich denn erwartet? Durch die Grippe ist natürlich einiges anders geworden. Was habe ich gewonnen, was begriffen, was gelernt? Noch weiß ich es nicht, vielleicht ist es auch etwas zu früh für solche Überlegungen. Vier Wochen sind lang, wenn sie vor einem liegen, und eine Winzigkeit in der Rückschau. Ist es alles »Haschen nach Wind«, wie der Prediger in der Bibel für sich erkannt hat? Nur eines weiß ich, habe ich mal wieder neu begriffen, nehme ich für mich in Anspruch: »Meine Zeit steht in Gottes Händen.«

Auf der Rückfahrt ergattere ich im überfüllten Zug gerade noch einen Platz. Die Abschiedsszenen liegen hinter mir – manche waren tränenreich. Meine Tischgenossen hatten mir zum Abschied einen großen Strauß bunter Luftballons geschenkt, mit dem ich im Zug einen kleinen Jungen glücklich mache.

Nachdem ich schon um 10 Uhr mein Zimmer räumen musste – plötzlich fühlte ich mich völlig überflüssig –, konnte ich noch an einer Entspannungsmeditation teilnehmen. Im tiefen Entspannungszustand wurden wir eingeladen, uns mental an einen »Ort unseres Wohlbefindens« zu begeben. Das funktioniert wirklich! Zunächst fand ich mich in der Wüste, dann unter südlichem Sternenhimmel. Hinterher fühlte ich mich unglaublich gut. Im Rückblick war auch das Gefühl des Überflüssig-Seins nicht so falsch. Ich bekam schon etwas Abstand und konnte mich innerlich bereits abnabeln.

Wieder zu Hause

Habe ich mich erholt? Ich kann es noch nicht sagen. Die Zeit wird es zeigen – vielleicht. Ich steige relativ schnell wieder in den Alltag ein. Thomas hat für einige Tage Einquartierung durch einen Sportsfreund aus Schweden, die Injektionen zur Stärkung meines Immunsystems gehen weiter, ein Frauenfrühstück steht bevor und will organisiert werden, meine Mutter ist zu betreuen, der Hamburger Frauentag muss zusammen mit anderen Frauen vorbereitet werden. Es ist gut, dass alles wieder seinen Gang geht. Trotz Injektionen und Massagen kann ich die Krankheit in den Hintergrund stellen.

Bei meiner Rückkehr finde ich einen Brief des Versorgungsamtes. Vor der Kur hatte ich wieder einen Antrag gestellt. Nun bin ich also bei 80 Prozent Behinderung. Neben den schon bekannten Vergünstigungen bekomme ich auch bei vielen Veranstaltungen Eintrittsermäßigung. Bei allen Belastungen ist das doch etwas Nettes!

Die Krankenkasse dagegen macht Schwierigkeiten, die Immuntherapie zu bezahlen. Ganz so einfach, wie die Ärztin es mir schilderte, scheint es doch nicht zu sein.

Sehr geehrte Frau Wendt, *01.03.96*

(...) diesem Antrag kann nicht entsprochen werden. (...) Die von Ihnen beantragte Leistung gehört (noch) nicht zur vertragsärztlichen Versorgung, eine Kostenübernahme -beteiligung kann daher (...) nicht erfolgen. Eine für Sie positive Entscheidung konnte leider nicht getroffen werden. Wir bedauern dies (...).

Mit freundlichen Grüßen *Ihre Krankenkasse*

Am gleichen Tag ein Leserbrief zu einer Veröffentlichung über genau »meine« Therapie in der Tageszeitung:

»SCHUTZ VOR KREBS

Bei der Krebsvorbeugung setzen Ärzte jetzt verstärkt auf Vitamine

Es ist erfreulich, dass nun auch konventionelle Onkologen dafür sind, Vitamine und Spurenelemente als Krebsschutz und Heilhilfe anzuwenden. Die Gesellschaft für Biologische Krebsabwehr rät das schon seit über zehn Jahren. Bedauerlich ist nur, dass die bisher strikt ablehnenden Urteile derselben Mediziner den Krankenkassen Argumente geliefert haben, solche komplementären Mittel nicht zu erstatten. (. . .)«

Frau Dr. M. erhebt in meinem Namen Einspruch, Briefe gehen hin und her, Telefonate, ein Obergutachter wird bestellt. Das kann ja heiter werden! Die Therapie ist sehr teuer; wenn wir das nun alles selbst bezahlen müssen? Aber ich bin zuversichtlich, es wird schon irgendwie werden.

23. Mai 1996

Die Serpentinen scheinen kein Ende zu nehmen. Endlos schlängelt sich die Straße durch die Berge, hinter jeder Biegung entfaltet sich ein neues Panorama. In den Tälern liegt teilweise leichter Nebel, die Bergkuppen ragen darüber hinaus. Eine zauberhafte, verwunschene Atmosphäre, wie mit einem Weichzeichner aufgenommen. Wunderbare Welt! Hinter einer scharfen Kurve, von einem Augenblick zum anderen, nicht vorhersehbar, fällt eine Nebelwand auf uns, undurchdringlich. Sicht? Drei Meter vielleicht, eher weniger, kaum über die Kühlerhaube hinaus. Was tun? In Bruchteilen von Sekunden muss ich mich entscheiden. Anhalten? Geht nicht, ich weiß, dass hinter mir weitere Fahrzeuge fahren. Ausweichen? Wohin denn? Die Straße ist schmal, keine Möglichkeit. Auf dem Mittelstreifen fahren? Unmöglich. Dies ist kein International Highway, wir haben Gegenverkehr. Keine Ahnung, wie der Verlauf der Straße ist, wann die nächste Kurve kommt. Es nützt alles nichts, ich muss weiterfahren. Wie blind krieche ich im Schneckentempo vorwärts, es läuft mir feucht und kalt den Rücken runter.

Gedankenfetzen.

Was, wenn uns hier etwas passiert?

Wie kommen wir hier weg?

Was wird mit den Kindern?

Mit meiner Mutter?

Nach zehn Minuten – sie kommen mir vor wie Stunden – ist der Spuk genauso plötzlich vorbei, wie er begann. Die nächste Möglichkeit zu halten ist unsere. Mit völlig verkrampften Schultern und steifem Nacken, klitschnass, mit weichen Knien steige ich aus. Es ist nichts passiert, Gott hat seine Hand über uns gehalten.

Wir hatten den Mut, wieder auf Reisen zu gehen: im Mai drei Wochen USA! Nach New York, Boston, den Niagara-Fällen, einem großen Sprung nach Austin/Texas, um Freunde zu besuchen, sind wir nun in den Great Smoky Mountains, die ihrem Namen alle Ehre machen. Eine zauberhafte Landschaft und eine unvergessliche Zeit! Wir sind dankbar, dass das so möglich ist, dankbar für alles, was wir sehen und erleben dürfen. Gemeinsam können Hans und ich auch die Lymphdrainage bewältigen, so dass sich die Schwellung und der damit verbundene unangenehme Druck in Grenzen halten. Wie groß waren doch meine Befürchtungen, nie mehr für längere Zeit auf Reisen gehen zu können, und nun dies!

Sehr geehrte Frau Wendt, *26.06.96*

(...) Der Gutachter teilte uns mit, dass die von Frau Dr. M. beantragte Therapie wie gewohnt polypragmatisch ist. Es wird eine Vielzahl von Medikamenten kombiniert in der Hoffnung, dadurch einen besonders starken immunstimulierenden Effekt zu erreichen. Studien, die dies belegen, existieren nicht. (...) Aus diesem Grunde kann eine Übernahme der Maßnahme nicht erfolgen. Wir bedauern, dass wir in Ihrem Fall leider nicht zu einem anderen Ergebnis kommen können. (...)

Mit freundlichen Grüßen *Ihre Krankenkasse*

An die Krankenkasse *10.07.96*

Sehr geehrte Damen und Herren,

den von Frau Dr. M. in meinem Namen eingelegten Widerspruch gegen Ihren ablehnenden Bescheid erhalte ich aufrecht.

Sie werden verstehen, dass ich nach mehreren Krebsoperationen jede sich bietende Möglichkeit nutzen möchte, der Krankheit Einhalt zu gebieten. Bereits während der Bestrahlung habe ich bemerkt, dass ich diese durch die begleitende Therapie weit besser vertragen konnte als das erste Mal. Auch hat sich mein Allgemeinzustand relativ gut gebessert.

Es befremdet mich, dass Sie anderen bei Ihnen versicherten Patienten der Praxis Dr. M. diese Therapie genehmigt haben, bei mir aber ablehnen. (...)

Mit freundlichen Grüßen *Margret Wendt*

Ich habe inzwischen einen Antrag auf Verrentung gestellt. Vorher muss ich aber zwangsweise noch einmal zur Kur. Mein Hinweis, ich sei doch im Februar erst vier Wochen zur Kur gewesen, nützt nichts, ich muss noch einmal fahren. Es passt mir überhaupt nicht, aber was soll's. Mitte August muss ich nach Lemrade bei Mölln.

Vorher fahren wir Anfang August noch einmal für vier Tage nach Rom. Es ist, als wollten wir alles nachholen, was nicht möglich war bisher – oder vorziehen, was vielleicht einmal nicht mehr möglich sein wird. Wir wohnen in einem urigen kleinen Hotel abseits der Touristenpfade. Das Zimmer geht auf einen schattigen Innenhof mit üppig bepflanzten Kübeln, einem kleinen Springbrunnen und verschnörkelten Bänken. Mit dem Bus, der fast vor unserer Tür hält, fahren wir ins Zentrum und kommen mit vielen Einheimischen ins Gespräch. Abends essen wir in kleinen Restaurants in der Nähe des Hotels, in die sich sonst keine Touristen verlaufen. Mit Englisch, mit unseren wenigen Brocken Italienisch und natürlich mit Händen und Füßen führen wir die schönsten Gespräche mit den Römern. Bei glühender Hitze erklimme ich den oberen Aussichtsbalkon der Kuppel des Petersdomes und werde für die Strapazen durch einen unbeschreiblichen Rundblick über die Stadt belohnt. Dies ist wieder ein Platz, an dem sich die Seele weiten kann.

Unvergessliche Tage. Unvergesslich nicht nur wegen der wunderschönen Zeit, sondern auch, weil wir diese Reise nicht allein gemacht haben. Die »pacmen« waren dabei. Schon seit Ende Juli taste ich wieder misstrauisch an meiner Achsel herum. Aber da ja nicht sein kann, was nicht sein darf, bin ich im Verdrängen groß. Ich bin mir dieses Mal auch nicht so sicher, was besser ist: eine negative Bestätigung oder eine positive Hoffnung. Es ist mir jedenfalls ohne allzu große Schwierigkeiten gelungen, die ganze Sache in Rom zu vergessen (Sonnenstrahlen und Muscheln sammeln für den Winter?). Aber nun ist es wieder da. Kann man sich daran gewöhnen? Kann man nicht.

Einen Lichtblick gibt es, als wir von Rom zurückkommen:

Sehr geehrte Frau Wendt, *09.08.96*
wir freuen uns, Ihnen mitteilen zu können, dass wir uns im Rahmen einer Einzelfallentscheidung ohne Präjudiz an den Kosten der Behandlung beteiligen. Wir werden 80 % der Kosten übernehmen. (...)
Mit freundlichen Grüßen *Ihre Krankenkasse*

Nach einigen Gesprächen streicht die Ärztin den Differenzbetrag, eine immer noch erkleckliche Summe. Das rechnen wir ihr sehr hoch an.

August 1996

Nun also wieder das gleiche Spiel. Dieses Mal bin ich nicht lange »gelähmt«, sondern handle sofort. Besuch bei meiner Ärztin, am gleichen Nachmittag zur Mammografie. Ich gehe nicht mehr ins UKE. Eine der Ärztinnen von dort hat in Altona eine eigene radiologische Praxis aufgemacht, zusammen mit zwei anderen Ärztinnen. Hier fühle ich mich wesentlich besser betreut. Es überrascht mich nicht, dass beide Ärztinnen meinen Verdacht bestätigen. Ich weiß inzwischen nur zu gut, wie sich so etwas anfühlt. Sie reden zum Glück auch nicht drum herum; was würde das nützen? Die noch junge, aber sehr kompetente Röntgenärztin entdeckt auf dem Bild sogar noch einen zweiten Knoten, den ich gar nicht tasten konnte, da er so tief in der Achsel liegt.

Ich stürze wieder ab, meine Seele springt Bungee.

Vor zwei Jahren musste ich direkt nach einer Frauenfreizeit in die Klinik. Damals hatte ich den Eindruck, streckenweise für mich selbst zu predigen. Jetzt geht es mir so mit einer Kassette, die ich für eine Freundin aufgenommen habe: »Musik und Texte zum Trösten und Freuen«. Ich habe zwischen meditative Musikstücke und textlich wunderbare Lieder eigene Texte gesprochen. Eine Kopie dieser Kassette liegt im Auto. Als ich jetzt tränenüberströmt nach Hause fahre, lege ich diese Kassette ein. Ich kann es nicht begreifen, dass diese Texte plötzlich wieder für mich selber nötig sind. Gott geht oft seltsame Wege, und das Gedicht vom Frieden, »Du hast gesagt . . .« , das letztes Jahr im Krankenhaus entstanden ist, ist heute wieder aktuell. Ich kann die Wege nicht verstehen; wenn Gott mir solchen Trost schenkt – warum bringt er mich denn überhaupt erst wieder in Situationen, wo ich diesen Trost so dringend brauche?

In dieser Verfassung sollte ich nicht Auto fahren! Ich steuere einen Parkplatz an und lasse meinen Tränen freien Lauf. Es dauert eine Weile, aber dann fange ich mich wieder und bin einigermaßen o. k., als ich zu Hause ankomme. Ziemlich klar kann ich alles regeln, was geregelt werden muss: Kur verschieben, Krankenhaus anrufen und ein Bett reservieren, Vertretung für die Frauenstunde finden und vieles mehr.

19. August 1996

Im Krankenhaus habe ich allmählich Wohnrecht. Einige Zimmer sind renoviert worden, es gibt jetzt Zweibettzimmer mit Bad, ich bekomme eines davon.

Meine Mitbewohnerin ist schon da, sie kommt mir bekannt vor. Wir überlegen gemeinsam, woher wir uns kennen. Haben wir hier schon mal zusammen gelegen? Nein. Haben wir uns bei der Bestrahlung getroffen? Nein. Wohnt sie auch in Eppendorf? Nein. Eppendorf – das ist das Stichwort. Wir haben viele Vormittage nebeneinander in der Krebsnachsorge-Praxis an der Eppendorfer Landstraße gesessen und uns Infusionen machen lassen. Bei Frau E. wurde bereits eine Brust amputiert, jetzt muss sie sich einen Knoten am Hals entfernen lassen.

Dr. P. ist im Urlaub, sein Stellvertreter betreut mich. Er gibt mir eine ordentliche Nuss zu knacken. Auf meine Frage nach einer Therapie und wie es denn nun überhaupt weitergehe, meint er ziemlich lakonisch, irgendwie »locker vom Hocker«:

»Das ist nicht therapierbar. Die Tamoxifen-Therapie hat nichts genützt.

Die Bestrahlungen haben nichts genützt.

Haben Sie alles umsonst gemacht.

Bestrahlen kann man die gleiche Stelle sowieso nur einmal. Sie können nur abwarten, was passiert.

Wenn wieder ein Knoten kommt, schneiden wir ihn eben wieder weg, wenn nötig, immer wieder. Und wenn die Haut in der Achsel zu knapp wird, nehmen wir einfach ein Stück Haut vom Rücken und transplantieren es in die Achsel, damit Sie den Arm wieder bewegen können.«

Ich bin wie vor den Kopf geschlagen, fühle mich überhaupt nicht ernst genommen, kann nichts sagen ohne die Gefahr zu weinen, und das will ich nicht. Also bleibe ich stumm. Meiner Bettnachbarin fehlen auch die Worte, es liegt also nicht an meiner eigenen Verletzlichkeit. Auch eine Freundin, der ich es am Telefon erzähle, hat keinerlei Verständnis.

Nachmittags berichte ich es meinem Mann, der natürlich merkt, was das mit mir macht. Während er noch da ist, kommt der Arzt zur Visite. Hans nimmt ihn beiseite, was ich durch heftiges Kopfschütteln zu verhindern suche. Der Arzt meint, er würde nur in meiner Gegenwart mit meinem Mann sprechen (an sich ja gut, nicht hinter dem Rücken der Patientin), aber Hans erwidert, er wolle ihn allein haben und macht die Tür von außen zu. Ich bleibe wütend und verletzt zurück. Jetzt bevormundet mich auch noch mein Mann! Als er wieder reinkommt, lasse ich ihn das auch deutlich merken. Aber sein Gespräch mit dem Arzt war wohl sehr vernünftig, jedenfalls wurde der Doktor nachdenklich, und sie haben sich friedlich mit Handschlag getrennt.

Am nächsten Morgen beim Ziehen des Schlauches ist der Stationsarzt dabei, »mein« Doktor erwähnt den Vorgang mit keiner Silbe. Ich erwartete eigentlich, dass er sich entschuldigt.

Nichts. Kein Wort, kein Blick.

Aber am Abend, ich stehe gerade mit Frau E. auf dem Flur, kommt er auf mich zu:

»Haben Sie einen Augenblick Zeit für mich, Frau Wendt?«

Er geht mit mir in mein Zimmer – Heimvorteil für mich! Was dann folgt, ist ein unglaublich gutes Gespräch. Er will wissen, welche seiner Äußerungen mich so getroffen hätten, und ich sage ihm ganz klar, dass ich mich nicht ernst genommen fühlte, dass ich den Eindruck gehabt hätte, er spräche vom Haareschneiden: Die wachsen wieder, dann schneiden wir sie eben wieder ab.

»Für Sie mag es ja Routine sein, Herr Dr. R., aber ich stürze jedes Mal erneut ab.«

»Frau Wendt«, erwidert er betroffen, »das wollte ich doch keinesfalls sagen!«

Er ist entsetzt, dass die Botschaft, die er aussenden wollte, so falsch angekommen ist. Was er eigentlich wollte, war, mir meine Angst zu nehmen, mir klarzumachen, dass dies nicht das Ende der Fahnenstange sei, dass man immer noch etwas machen kann, dass man z. B. mit einer Hauttransplantation meine Lebensqualität verbessern könne, was nur wenige Kliniken machten.

»Was aber vor allem wichtig ist: Dies ist ein lokaler Krebs.«

Der könne zwar immer wieder kommen, müsse es aber nicht. Er müsse auch nicht unbedingt in den Rest des Körpers metastasieren, was allerdings auch möglich sei. Nicht therapierbar sei in diesem Fall keine negative Aussage, denn Chemotherapie würde heißen, da ist noch woanders etwas, aber das sei es eben nicht.

Natürlich bin ich froh über dieses Gespräch und über das, was der Arzt mir damit gesagt hat. Aber die Sache hat ja auch noch andere Seiten. Ich habe es so ähnlich im Januar schon einmal erlebt, als alle Leute mit Recht froh waren, dass der Knoten in der Leiste negativ war, und darüber vergaßen, dass ich den Rückfall vom November noch nicht unter den Füßen hatte. Irgendwie wiederholt sich das jetzt auf merkwürdige Weise. Selbstverständlich ist es gut, dass der Krebs »nur« lokal ist, aber es ist und bleibt Krebs, der immer wieder wächst. Sicher meinen diejenigen, mit denen ich darüber spreche, es gut (das Gegenteil von »gut« ist »gut gemeint«, hat mal jemand gesagt), wenn sie sagen: »Ein Glück . . .« , aber es trifft mich immer an einer Stelle, die wehtut. Das ist wohl das Ding mit »nicht ernst nehmen« und »bevormunden«. Was ich bei Hans als bevormunden empfand, war als beschützen gemeint, und wenn ich mich nicht ernst genommen fühle, dann liegt das sicher daran, dass andere versuchen, meine Krankheit klein zu machen, um mich zu trösten.

Aber ich gestatte mir einfach, verletzt zu sein!

Ich will nicht immer alles erklären, alles verstehen und alles tolerieren müssen!

Ich werde von allen als »starke Frau« angesehen.

Es ist ganz schön schwierig, einerseits diesem Bild gerecht zu werden (muss ich das eigentlich?), andererseits ich selbst zu bleiben mit allen Schwächen, die ich eben auch habe. Von vielen werden selbst meine Schwächen als Stärke ausgelegt, und ich will einfach nicht immer stark sein.

Überhaupt gibt es bedrückende Situationen. Wenn in einer Gesprächsrunde jemand das Wort Krebs benutzt – das muss mit mir gar nichts zu tun haben –, schauen diejenigen, die um meine Krankheit wissen, verlegen zu Boden, mancher versucht sogar, das Thema zu wechseln. Habe ich Aussatz? Bei Fernsehsendungen, in denen es um Krebs geht, fragte mein Mann anfangs manchmal, ob er abschalten solle. Als wenn sich durch schamhaftes Schweigen etwas an meiner Krankheit ändern würde! Ich kann darüber reden und darüber schweigen – warum können es andere nicht?!

Oktober 1996

Immer öfter erwische ich mich dabei, dass ich die Todesanzeigen in der Zeitung lese und die Todesursachen erforsche. Wenn um Spenden gebeten wird für eine Krebsstation oder Ähnliches, dann ist es ziemlich klar. Oft sind es Menschen in meinem Alter oder sogar jünger. Häufig steht über solchen Anzeigen: »Gekämpft, gehofft und doch verloren«.

Was heißt kämpfen?
Sind die Therapien Kampf?
Ist Ignorieren Kampf?
Ist es Kampf, die Ernährung umzustellen?
Ist es Kampf zu versuchen, die Krankheit in das Leben einzubauen?
Hoffen, ja, das verstehe ich.
Ich hoffe auch, das tut wohl jeder in dieser Situation.
Hoffen auf Therapieerfolge.
Hoffen auf neue Erkenntnisse in der Krebsforschung.
Hoffen auf ein Wunder.
Hoffen auf Gott.
»Und doch verloren . . .«
Verloren?
War es ein Spiel, das man verliert?
Den Kampf verloren?
Wenn ich sterbe, habe ich dann verloren?

Nein, und das macht für mich den Unterschied. Wenn ich sterbe, erwartet mich Gottes Herrlichkeit. Ich glaube fest, dass Jesus für mich eine Wohnung bereithat, wie er es versprochen hat. Aber es ist mir einfach noch zu früh. Ich lebe noch so gern auf dieser Erde, möchte das Leben meiner Kinder noch ein Stück begleiten, noch manches mit meinem Mann, meinen Freunden, in der Gemeinde erleben. Ich bin einfach noch nicht bereit.

Eine weitere Sache ist dies: Ich bin ja in Sachen Gebetserhörung manchmal etwas begriffsstutzig, aber inzwischen ist bei mir angekommen, dass das Erlebnis mit dem Arzt wohl eine ist. Zum einen bin ich froh, dass Hans sich über meine Ablehnung hinweggesetzt hat – ich hätte den Arzt nicht angesprochen –, zum anderen sehe ich den Arzt, von dem ich nie wieder etwas wissen wollte, mit ganz anderen Augen. Er hat mir auch noch sehr private Dinge eigener Erkrankung anvertraut, um mir zu zeigen, dass er die Angst, die Hilflosigkeit und teilweise Hoffnungslosigkeit durchaus kennt. Was aber das Wichtigste ist: Ich merke, wie Gottes Frieden in mir

Raum greift. Ich kann jetzt anfangen zu akzeptieren, ich kann weiter leben, planen, hoffen, wünschen und bin dabei zu entdecken, welche Gaben, Möglichkeiten und Aufgaben Gott vielleicht für mich hat. Das sind alles noch ganz kleine Schritte, aber ich gehe sie sehr bewusst.

An einem Abend – eigentlich die halbe Nacht – fülle ich viele Seiten mit Gedankensplittern, Stichworten, Fragen zum Thema »Mit Grenzen leben«. Es ist, als liefe ein Fass über. Später werde ich aus diesen Gedanken ein Referat mit dem Hintergedanken »Frauenfrühstückstreffen« machen. Ich wollte immer schon mal ein Referat in der Schublade haben für den Fall, dass eine Referentin kurzfristig ausfällt, aber nun denke ich weiter. Warum soll das nicht Teil eines neuen Weges sein? Mir fehlt meine Berufstätigkeit; ist dies ein Ausweg? Vielleicht kann ich anderen mit meinen Erfahrungen ein wenig helfen? Gleichzeitig arbeite ich damit eine ganze Menge meiner Gefühle auf. Mal sehen, was daraus wird. Ich spreche mit Maren darüber, die selbst Vorträge hält. Sie macht mir viel Mut: »Das finde ich ganz toll! Versuch es, du kannst es bestimmt. Super, der Gedanke! Und das Thema, das bewegt doch alle irgendwie.«

Endlich zu Hause; der Alltag hat mich schnell wieder. Ich erhole mich ganz gut, bin viel mit der Vorbereitung unserer Frauenfreizeit Ende September beschäftigt. Es jagt schon wieder ein Termin den anderen. Das ist nicht besonders gut, aber während der bevorstehenden Kur werde ich ja Zeit genug haben, zur Ruhe zu kommen. Ich brauche nur drei Wochen zu bleiben, die BfA hat meinem entsprechenden Antrag stattgegeben. Ein wenig bang ist mir wegen der Termine, die nachher kommen. Es ist einiges geplant, was wir nicht absagen konnten bzw. wollten. Gleich nach meiner Rückkehr findet wieder ein Frauenfrühstück statt, zehn Tage später wollen wir verreisen. Verrückt? Vielleicht.

2. Oktober 1996

Nun bin ich also in Lemrade zur Kur. Pit hat mich mitsamt großem Gepäck hergefahren. Mein Laptop ist dabei, ich will an meinen Referaten arbeiten. Meine Malutensilien habe ich dabei, vielleicht kann ich ein wenig malen. Es wurde empfohlen, ohne Auto hier zu sein. Hätte ich mich nur nicht daran gehalten! Obwohl ich mich innerlich auf den blöden ersten Tag eingestellt hatte, war es doch wieder schlimm. Um 11 Uhr sollte man anreisen, bis zum Mittagessen um 12 Uhr war noch nichts passiert, danach erst die Zimmerverteilung.

»Bleiben Sie bitte auf Ihren Zimmern, bis die Schwester kommt.«

Die Koffer wurden erst viel später raufgebracht. Da sitze ich also in einem fremden unpersönlichen Zimmer und frage mich, was ich hier eigentlich mache. Ich will nicht hier sein, ich will wieder nach Hause! Erst nachdem ich überall meine Sachen verstreut habe, ist mir wohler. Das Zimmer ist eigentlich ganz nett, das Bad schön groß, mit drei Fenstern. Ansonsten ist hier viel Gegend, sonst nichts. Nach fünf bis sechs Minuten in jeder Richtung kennt man den Ort. Man kann aber schön laufen, was ich an diesem ersten Nachmittag bei Sonnenschein mit einer etwa gleichaltrigen, ebenfalls neuen Mitpatientin zusammen auch ausgiebig tue. Morgen passiert wegen des Feiertags auch nichts, da werde ich mit dem Bus nach Ratzeburg fahren und in Erinnerungen baden; schließlich bin ich dort geboren und habe als Kind alle Sommerferien dort verbracht. Den Pastor in Mölln will ich auch noch anrufen, vielleicht wohnt hier ja jemand in der Gegend, der mich zum Gottesdienst mitnehmen kann.

Die Klinik ist wesentlich kleiner als die in Kassel und dadurch überschaubarer. Allerdings wird abends kaum etwas angeboten an Unterhaltung; in Kassel hatte man die Qual der Wahl ... Und die Musiktherapeutin, die sonst auch Meditationstanz anbietet, ist gerade in Urlaub, schade. Ob ich mir den Bunten Abend am Freitag mit Tanz und Gaudi antun muss, weiß ich noch nicht. Das Essen scheint auch nicht die Offenbarung zu sein, wenig Grünzeug; vielleicht kann ich mal gute Kontakte zur Küche knüpfen.

So, Margret, genug gemeckert, gib dir die Chance, dich einzugewöhnen.

Der Tag in Ratzeburg ist wunderschön. Morgens ist die Landschaft noch im Nebel verschwunden, aber dann kommt die Sonne. Jede Ecke der schönen Inselstadt birgt Erinnerungen an eine wunderbare Kindheit. Ich stehe vor dem Haus meiner Großtante in der Schrangenstraße gleich beim Markt, das jetzt anderen gehört. Der Stall hinter dem Haus, in dem sich auch das »Natur-Klo« befand, wurde irgendwann abgerissen. Merkwürdig, der dadurch entstandene Parkplatz ist viel kleiner, als der Stall in meiner Erinnerung vermuten ließ. Jetzt ist der Blick auf das Kirchenportal frei – in der Ecke dieser großen Tür bekam ich meinen ersten Kuss. 15 Jahre waren wir beide, auch er Ferienkind aus Hamburg, schüchtern, unsicher, verliebt. An den Namensschildern neben der Eingangstür des Hauses – schade, diese moderne Glastür passt gar nicht zum Haus – sehe ich, dass die Frau, die den Lebensmittelladen im Erdgeschoss betrieb, noch im ersten Stock wohnt. Soll ich? Ich klingele und gehe die alte Holztreppe hinauf. Die Stufen knarren noch immer an derselben Stelle, auch das Geländer lädt noch ein, darauf hinunterzurutschen. Nachdem ich mich vorgestellt habe, erinnert sie sich an »die Kleine mit den dicken blonden Zöpfen«. Sie freut sich und erzählt mir vieles aus ihrem Leben.

Obwohl der Bäcker an der Ecke nicht mehr da ist, steigt mir der Brötchenduft in die Nase. Auch das waren Ferien: jeden Morgen Brötchen holen, zu Hause gab es Grau- oder Schwarzbrot. Die Eisbude an der Badeanstalt im See ist nicht mehr da, hier gab es das beste Eis der Welt. Meine Ferienfreundin kannte den Inhaber – so manche Kugel der sahnigen Eiscreme hat er uns geschenkt. Überhaupt die Badeanstalt, Ort vieler schöner Tage. Meine Mutter hatte mir erzählt, dass sie wenige Monate nach meiner Geburt den See hin und zurück durchschwommen habe, sehr zum Missfallen der Hebamme, die im gleichen Haus wohnte. Sie werde schon sehen, davon würde die Milch wegbleiben. Blieb sie nicht, ich wurde fast ein Jahr gestillt. Die Bootsvermietung ist noch da, auch der alte Dom, der mir immer einigen Respekt eingeflößt hat. Es kommt ein bisschen Wehmut hoch, dass alles schon lange Vergangenheit ist, aber diese heile Kinderwelt hat einen Grundstein in mir gelegt, der jetzt trägt.

Die große Anfangsuntersuchung in der Klinik liegt hinter mir. So gründlich bin ich seit Jahr und Tag nicht untersucht worden, auch in Kassel nicht. Am Montag geht es mit den Behandlungen los.

Der Pastor der Gemeinde hat angerufen und mir angeboten, dass sein Sohn mich am Sonntag abholt. So ganz nebenbei streue ich ein, dass mein Vater vor Jahren als Architekt die kleine Kirche in Mölln gebaut hat. Da ein Gemeindejubiläum kurz bevorsteht, war ihm mein Mädchenname beim Verfassen der Festschrift auch schon aufgefallen. Ich freue mich auf Sonntag und darauf, dass ich als Ehrengast am Festgottesdienst teilnehmen kann. Freudige Überraschung: Der Pastor, mit dem ich schon zweimal in Israel war, ist auch als Gast da.

Übrigens bekomme ich in der Klinik jetzt immer einen Salatteller – man muss nur den Mund aufmachen!

Mein erstes Gespräch mit einer Psychotherapeutin. Sie sieht noch so jung aus, aber da sie schon über zehn Jahre hier ist, muss sie, wenn ich Studium und Praktikum hinzurechne, doch schon (!) Ende 30 sein. Das soll heißen, sie ist nicht mehr unerfahren. Es fällt mir noch schwer, mich zu öffnen.

Die Tischrunde ist ganz nett; die Mitpatientin vom ersten Tag, ein Siebzigjähriger aus Berlin (»Meier, Berlin«) und ich haben uns zusammengetan und machen fast täglich gemeinsame Radtouren. Das Wetter ist herrlich, fast noch sommerlich warm. Die Therapien tun mir gut.

Hans, Pit und Astrid, unsere künftige Schwiegertochter, kommen zu Besuch. Schön ist das. Wir verbringen den Nachmittag beim Bummel durch Mölln und in einem gemütlichen kleinen Café gleich gegenüber vom Till Eulenspiegel. Als sie fahren, winke ich noch lange hinterher. Heimweh? Ein bisschen schon.

Anna ist für ein Wochenende gekommen. Wir mieten uns ein Zimmer in Mölln, um dem Klinikalltag zu entkommen. Die gemeinsame Zeit ist schön, es tut gut, unzensiert miteinander zu reden. Wir haben Zukunftsträume – nächstes Frühjahr wollen wir wieder nach Israel, dieses Mal in eigener Regie.

20. Oktober 1996

Ist das ein Tag! Ohne Pause regnet es seit heute Morgen. Die Welt ist wie in flüssiges Grau getaucht. Vormittags hat es mich nicht so sehr gestört, da ich voll ins Kurprogramm eingebunden war, aber der Nachmittag zieht sich hin. Irgendwann halte ich es drinnen nicht mehr aus und mache mich, mit festen Schuhen und Regenschirm bewaffnet, auf durch die Felder. Kein Mensch ist zu sehen, nur die Kühe und ich. Die Viecher drängen sich eng aneinander geschmiegt um die Futterkrippe. Irgendwie scheint auch für sie ein schwieriger Tag in der wärmenden Nähe der anderen besser zu ertragen zu sein – wie gut ich das verstehen kann! Alles tropft vor Nässe – die Zäune, die Bäume, die Stromleitungen, die wenigen Häuser, mein Regenschirm, meine Stimmung. Wie hinter einem grauen Vorhang erscheinen die Knicks in der Ferne. Ich erlebe die letzten Tage meiner Kur in Lemrade. In aller Ruhe kann ich noch einmal das Wochenende durchdenken. Seit Annas Abfahrt erscheint mir alles so leer.

Meine Abschlussuntersuchung habe ich hinter mir.

Wie waren die drei Wochen?

Bis auf die letzten Tage wunderschön, was das Wetter betrifft. So ein zauberhafter Herbst!

Ich bin viel gelaufen, habe mit dem Rad lange Strecken »gemacht«, um die Möllner Seen herum, das war schon schön.

Es gab gute Anwendungen – Bäder, Massagen, Gymnastik, Schwimmen, Entspannungsübungen, Gespräche mit der Psychologin. Zum ersten Mal in meinem Leben habe ich solche Gespräche geführt. Eigentlich bin ich nur hingegangen, um nicht so stur zu erscheinen, und auch, um von ihr Ratschläge zu holen, wie ich mich hinsichtlich meines Rentenantrages verhalten soll. Später war ich dann doch überrascht, wie tief die Gespräche wurden; manche Erkenntnis ist mir dabei gekommen.

Was die Rente betrifft – da hat sie mich vorgewarnt, dass das nicht so leicht werden würde. Amtsarzt, Ablehnung, Widerspruchsverfahren, vermutlich nur für drei Jahre, wenn überhaupt ... Bei Schwierigkeiten könne ich mich an den Reichsbund für Kriegsopfer wenden, die seien seit längerem auf Beratung von Behinderten spezialisiert und hätten ausgezeichnete Fachanwälte. Wer würde darauf schon von allein kommen?

Das schöne Wetter ist zurückgekehrt, das Spazierengehen bei Sonne und milder Temperatur ist sehr entspannend. Mein Zimmer ist jetzt ungemütlich; der Fernseher wurde abgeholt, die Blumen sind auf dem Müll, auch die verschrumpelten Kastanien, die ich von meinen Wanderungen mitgebracht hatte. In der Ecke steht mein offener Koffer, alles sieht nach Aufbruch aus. Wenigstens habe ich noch schöne Musik. Es ist ein etwas merkwürdiges Gefühl, dass ich morgen nach Hause fahre. Nicht, dass mir der Abschied schwer fiele, ich habe hier keine Wurzeln geschlagen (und habe auch keine Lust, jetzt mit den anderen in der Cafeteria bei Zwiebelkuchen, Federweißem und Zigarettenqualm Abschied zu feiern), aber ich merke einmal mehr, wie schnell die Zeit läuft. Auch hier ist sie wie im Fluge vergangen.

Erneut frage ich mich, was es gebracht hat. Dafür, dass ich »zwangsevakuiert« war, habe ich mich ganz gut erholt.

Einige neue Erkenntnisse habe ich gewonnen, meine ersten Erfahrungen mit psychotherapeutischen Gesprächen gemacht, Hilfe für den Rentenantrag erhalten. Die Psychologin hat mir einige Ratschläge gegeben, wie ich mich verhalten soll, bis hin zu dem Tipp, mich zu so einem Gespräch nicht zu schick anzuziehen und zurechtzumachen. Mir ist etwas ungemütlich dabei, aber sie meint, ich müsse darauf gefasst sein, dass Fangfragen kommen oder Äußerungen wie: »Sie sehen doch gut aus, was wollen Sie eigentlich?« Aber vielleicht bleibt mir das ja auch alles erspart und ich gerate an einen sehr menschlichen Sachverständigen.

Ein Gedanke kam in den Gesprächen mit der Psychologin hoch, der mir ganz am Anfang meiner Krankheit, als meine Tante noch lebte, es ihr aber schon sehr schlecht ging, durch den Kopf gegangen war, den ich dann aber wieder vergessen hatte:

»Jetzt übernehme ich das Staffelholz ...«

Ich hatte es damals so gesehen, und auch in dem Gespräch kam es so raus, dass eine Teilstrecke im Staffellauf ja begrenzt ist, nach 100 m gebe ich das Holz ab und scheide aus. Tatsächlich muss ich viel an meine Nichte denken und habe ihr erneut angeraten, sich untersuchen zu lassen, obwohl sie erst eben über 30 ist. Die Ärztin hat das sehr gut hinterfragt und brachte einen neuen Gedanken ins Spiel, an dem ich weiterdenke: »Wer sagt denn, dass Sie ein Mittelstück des Staffellaufs erwischt haben? Es kann doch auch sein, dass Sie die Letzte sind und sicher ins Ziel laufen.«

Dass sie mit dieser Formulierung noch eine ganz andere Saite in mir hat anklingen lassen, konnte sie nicht wissen.

Ins Ziel – das hat für mich noch eine andere Bedeutung ...

25. Oktober 1996

Ich bin erstaunt, wie schnell alles wieder »normal« läuft. Am ersten Tag zu Hause bin ich noch wie Falschgeld rumgelaufen, jetzt ist es, als wäre ich nie weg gewesen. Wie zu erwarten, bin ich im Schlusssprung wieder gelandet: Wäsche, einkaufen, tippen, telefonieren, Frauenfrühstück vorbereiten, aufräumen, bügeln, kochen – alles wie gehabt. Vielleicht auch gut so. Die Reise bereite ich nebenbei auch noch vor ...

Bei meiner Rückkehr erfuhr ich von dem Tod eines Freundes aus Jugendtagen, von dem wir in dieser Woche Abschied nehmen. Mich trifft es auf verschiedenen Ebenen: Ich hatte ihn gern; es ist besonders schmerzlich, wenn jemand aus der eigenen Generation stirbt, nach unserem Ermessen viel zu früh; und er hatte Krebs und musste in den letzten Monaten sehr leiden. Die Trauerfeier in unserer Kirche ist überwältigend; viele Freunde und Weggefährten sind gekommen. Ein spontan gebildeter Chor von »Ehemaligen« singt ihm zum Abschied sein Lieblingslied: »Auf, Seele, Gott zu loben, gar herrlich steht sein Haus.« Und seine Frau steht mitten unter uns und singt mit.

Es ist tröstlich, dass wir uns gemeinsam in Gott geborgen wissen, und so hat auch das Fröhliche dieses Liedes Raum in der Trauer.

8. November 1996

Langsam gehe ich am Strand entlang, es ist noch warm hier, obwohl wir schon November haben. Vor mir der Golf von Mexiko, unendlich weit scheint sich das Meer zu dehnen. Es sind kaum Menschen hier, die Saison ist zu Ende. Wunderbar, diese Stille, nur untermalt vom gleichmäßigen Rauschen des Meeres. Tiefer Friede erfüllt mich und große Dankbarkeit, dass Hans und ich diese Reise erleben dürfen. Großer Gott, du meinst es gut mit uns!

Ich hebe einen besonders schönen Stein auf, den ich vor meinen Füßen entdecke. Flach ist er und bunt, abgerundet ohne Ecken und Kanten, glatt geschliffen vom Meer in ungezählten Jahren, glänzend durch die Nässe. Wie viel Wind war nötig, wie viel Reiben am Sand, wie viel Druck der unablässig heranrollenden Wellen, bis er so wurde, wie ich ihn jetzt in der Hand halte? Alle diese Beschwernisse haben ihn im Laufe der Zeit zu dem gemacht, was er jetzt ist: glatt und schön. Daneben eine Muschel, vermutlich auch schon lange den Naturgewalten ausgesetzt wie der Stein. Aber im Gegensatz zu ihm ist sie kantig, mit Spitzen und Ecken, mit Einschlüssen und Löchern. Hat sie sich gewehrt gegen den Eingriff von außen?

Bin ich Muschel, bin ich Stein?

Es geht mir so vieles durch den Kopf, teilweise ziemlich ungeordnet. Trotzdem kann ich durchatmen, füllt die salzige Luft meine Lunge bis in die Spitzen. Und ich kann die Gedanken dem Wind mitgeben, der sie über das Meer davonträgt.

Wir erleben Wunderbares auf dieser Reise. Der Wechsel zwischen den Begegnungen mit Menschen und Städten, mit Meer und Bergen, mit Hitze und kühlem Wind verschafft uns ganz neue Ein- und Ausblicke. Und wir haben viel Zeit, um miteinander zu reden und zu schweigen.

Ende November 1996

Leise rieselt der Schnee. Vor wenigen Tagen noch in den USA bei herrlichstem Sommerwetter, nun hält hier schon der Winter Einzug. Die Reise war anstrengend, aber das Herauslösen aus dem Alltag, die vielen neuen Eindrücke haben uns gut getan. Manchmal ist es gar nicht so einfach, sich so schnell umzustellen.

Mit der Zeitumstellung habe ich dieses Mal besonders lange zu tun. Aber es geht uns gut! Bei unserer Rückkehr finden wir zu Hause alles in Ordnung, keinerlei unliebsame Überraschungen.

Meine Nachbarin, Frau V., hat seit einigen Jahren Krebs, es geht ihr immer schlechter. In den letzten Monaten habe ich sie ein wenig begleitet. Die dritte Chemotherapie innerhalb eines Jahres hat sie kaum verkraftet. Sie ist nur noch ein Schatten ihrer selbst, aber unglaublich gefasst. Zum Geburtstag male ich ihr ein Bild: Wiesen, Wasser, weiter Himmel.

Wann hatte ich den ersten Verdacht? Ich weiß es nicht mehr. Anfang Dezember jedenfalls muss ich routinemäßig zur Blutuntersuchung. Ich frage meine Ärztin, ob sie auch fühlt, was ich fühle. Sie ist so unsicher wie ich, empfiehlt aber vorsichtshalber eine

Sonografie. Dr. B., eine der Ärztinnen in der radiologischen Praxis, sitzt praktisch auf gepackten Koffern, will vier Wochen in Urlaub, untersucht mich aber doch noch.

»Untypisch«, meint sie.

»Warten Sie doch einfach ab, ob sich etwas verändert. In zwei oder drei Monaten könnten wir wieder nachsehen; erst wenn es sich in dieser Zeit verändert, müssen wir etwas unternehmen.«

Ich lasse mich darauf ein, versuche normal zu leben.

Nach zwei Wochen bin ich mit den Nerven völlig fertig. Am Dienstag gehe ich zu der anderen Radiologin in der gleichen Praxis, die eine Punktion empfiehlt. Man könne ja eine kleine Menge des Gewebes rausziehen und untersuchen. Und wenn sie knapp daneben sticht? Dann sieht das Gewebe gut aus, daneben ist es aber doch bösartig – was dann?

Selbst von Entartungen durch Punktionen habe ich schon gehört. Manchmal denke ich, ich höre und lese viel zu viel zum Thema Krebs. Aber ich kann es nicht verhindern. Überschriften in Zeitungen springen mir ins Auge, das Fernsehen berichtet, Menschen erzählen mir eigene Erfahrungen oder die anderer. Ich kann mich nur bemühen, nicht alles auf mich zu beziehen. Oft gelingt das auch. Aber jetzt macht es mich doch nervös.

Letzte Rettung, wie immer, Dr. P.

»Kommen Sie morgen, Frau Wendt, ich brauche Sie vorher nicht zu sehen. Bis jetzt haben Sie sich ja noch nie geirrt. Ich habe ein Zimmer für Sie, Sie sind ja bei mir Stammkundin! Gleich am Donnerstag kann ich Sie operieren.«

Frau V. ist gestorben. Obwohl es zu erwarten war, berührt es mich sehr. Am Freitag wird sie beigesetzt; ich habe nicht die Kraft, meine Operation zu verschieben. Für heute Abend habe ich eine Karte für ein Weihnachtskonzert im Michel. Ich gehe hin – allein – und merke schnell, dass das genau das Richtige ist für diesen Abend. Inmitten der vielen Menschen komme ich zur Ruhe.

»Dein Wille geschehe.« Leicht kommt mir das nicht über die Lippen.

Warum schon wieder? Die letzte OP ist erst vier Monate her, ich bin kaum richtig erholt.

Eine Antwort bekomme ich nicht, aber ich spüre, wie sich in mir ein tiefer Friede ausbreitet. Gott geht mit, das wird mir bei den weihnachtlichen Klängen des Orchesters körperlich bewusst.

23. Dezember 1996

Ich bin wieder zu Hause. Wir hatten es uns so ganz anders gedacht. Die Gäste, die wir zu unserem traditionellen Brunch am 2. Feiertag eingeladen hatten, müssen wir nun wieder ausladen, dem wäre ich doch noch nicht gewachsen. Es folgen die inzwischen schon bekannten Dinge: punktieren, weil sich Flüssigkeit in der Achsel sammelt, Fäden ziehen, wenig Schlaf durch Wund- und Narbenschmerzen ...

Wie soll es weitergehen?

Ich muss den Tatsachen ins Auge sehen, Dr. P. spricht es aus: »Alle bisherigen Therapien haben nichts genützt. Bestrahlungen, östrogenhemmende Mittel wie Tamoxifen, Entfernung der Eierstöcke – umsonst. Der Tumor ist immer wieder gewachsen.«

Das Gespenst Chemotherapie lauert in der Ecke.

All mein Gefühl sträubt sich dagegen, mein Verstand sagt ja.

Dr. P. erklärt mir alles genau, zeigt deutlich die Möglichkeiten und Grenzen auf, auch die Nebenwirkungen, die auftreten können, nicht müssen. Er weiß, dass ich mit klaren Fakten besser umgehen kann als mit Ahnungen und Unsicherheit. Soll es also sein, dann aber bitte so schnell wie möglich.

Ich telefoniere mit Frau E., sie muss sich auch einer Chemotherapie unterziehen, fängt eine Woche vor mir beim gleichen Onkologen damit an.

Es ist kein Gespenst mehr, es wird Wirklichkeit. Sie greift mit kalten Händen nach mir. Was kann alles passieren? Übelkeit, Haarausfall, Angstzustände. Mein Magen krampft sich zusammen.

Aussagen von Fachleuten, wie »An mir würde ich eine solche Therapie nicht durchführen lassen«, und das Wissen, dass es sich bei den Mitteln um Zellgifte handelt, die neben den Krebszellen auch gesunde Zellen zerstören, machen es mir nicht gerade leichter. Die Liste der möglichen, oft erheblichen Nebenwirkungen ist lang und erschreckend.

Bin ich dem gewachsen?

Ich habe so viele Pläne – muss ich alles begraben?

Hans' 75. Geburtstag wollten wir groß feiern.

Susan aus den USA hat sich angesagt.

Und im April wollten Anna und ich nach Israel.

Aus der Traum?

Ich gehe mit meinem Kalender zu Dr. v. G. Er hat seine Praxis in der Innenstadt, von uns aus leicht und schnell mit der U-Bahn zu erreichen. Er erklärt mir den Rhythmus:

Donnerstag Therapie,
eine Woche Pause,
wieder Donnerstag Therapie,
drei Wochen Pause
und so fort.

Sechs solcher Zyklen werden es aller Voraussicht nach sein.

2. Januar 1997 – erster Therapietag

Um 8.00 Uhr muss ich zur Blutuntersuchung da sein, danach kann ich wieder nach Hause, um 10.30 Uhr soll ich wiederkommen. Gut, dass ich in der Nähe wohne. Andere Patienten, die von außerhalb kommen, müssen die 2 1/2 Stunden in der Praxis verbringen.

Meine Freundin Mona geht mit, ich bin froh darüber. Ich bin doch ziemlich nervös. Etwas mehr als eine halbe Stunde liege ich am

Tropf. Der Gedanke, welches Gift da in mich hineintropft, macht mich nicht gerade fröhlich. Am Nachmittag bekomme ich Kopfschmerzen, aber übel ist mir nicht. In den nächsten Tagen geht es auf und ab, Kopfschmerzen, nun auch Übelkeit, Mattigkeit, ohne jede Energie. Beim Kämmen beobachte ich mich genau – gehen schon Haare aus? Unsinn, so schnell kann das nicht gehen.

Ich fange auch wieder mit der Krankengymnastik an. Die Therapeutin erklärt mir sehr anschaulich, wie die inneren und die äußeren Verletzungen und Narben zusammenhängen, was die Seele dabei macht und auch die Chemotherapie.

Eine Woche später die zweite Chemo. Ausgerechnet Perspertin, eines der Medikamente, das zur Bekämpfung der Übelkeit mit dem Tropf zusammen verabreicht wird, kann ich offenbar nicht vertragen. Es fängt ganz plötzlich an, ich weiß gar nicht, was mit mir los ist. Jedes Teil im Gehirn scheint locker zu sein. Der Boden hebt und senkt sich, ich kann weder liegen noch sitzen, weiß nicht, wo ich bin. Allmählich gerate ich völlig in Panik. Mein Inneres scheint mich zu verlassen, um im nächsten Augenblick mit voller Kraft zurückzuschnellen. Das bin nicht mehr ich. Gut, dass Mona dabei ist, sie holt den Arzt, der mich sofort vom Tropf nimmt und ein Gegenmittel spritzt. Ich muss mit dem Taxi nach Hause fahren, schlafe erst mal zwei Stunden.

Ich stehe völlig neben mir.

Wie das wohl weitergehen soll?

Noch habe ich keine Haare verloren.

Das bewusste Medikament wird bei der nächsten Infusion durch ein anderes ersetzt, es geht mir besser als das letzte Mal.

Es folgen drei Wochen Pause, ein Glück!

Die drei Wochen sind nicht so schlimm, wie ich befürchtet hatte. Jetzt beginnt der zweite Therapiezyklus. Mona kommt wieder mit, das hilft mir sehr.

Noch immer habe ich keine Haare verloren, aber ich muss damit rechnen. Also gehen Mona und ich nach der Infusion in ein Haarstudio, ich lasse mir eine Perücke anpassen. Ein merkwürdiges

Gefühl! Aber ich denke, es ist besser, ich mache das jetzt, als wenn ich erst hingehe, wenn mein Kopf schon kahl ist. Ich probiere die verschiedensten Modelle, jedes Mal schaut mich eine andere fremde Frau aus dem Spiegel an. Nach einer Weile können wir darüber lachen, es macht beinahe Spaß. Man ist auf Patienten wie mich eingestellt, und die Beraterin macht unsere Späße mit. Sie legt die Perücke zurück, bis ich sie wirklich benötige.

Dr. v. G. hat sich sehr auf meine Termine eingelassen. So können wir Hans' Geburtstag eine knappe Woche nach der zweiten Infusion dieses Zyklus feiern, es geht mir gut! Auch alle Unternehmungen mit Susan kann ich gut bewältigen, ihr unsere Stadt zeigen, Ausflüge in die Umgebung machen. Der Arzt bemüht sich sogar, mir den Israel-Urlaub zu ermöglichen! Ein Zyklus muss um einige Tage verschoben werden, das gehe ohne weiteres; dann kann ich in den drei Wochen Pause fahren. Er hält es sogar für eine gute Idee, denn in der Mitte der Zeit haben viele Patienten ein seelisches Tief, das könnten wir durch den Urlaub überbrücken. Ich freue mich riesig darauf – hatte ich es in Gedanken doch schon schweren Herzens abgeschrieben.

Mein Haar wird dünner. Zwar geht es nicht in dicken Büscheln aus, wie ich es bei anderen Frauen erlebt habe, aber bei jedem Kämmen halte ich deutlich mehr Haare in der Hand als gewöhnlich. Ich dachte, dieses Thema hätte ich unter den Füßen, aber es berührt mich doch mehr als angenommen.

Februar 1997

»Hast du schon gehört, dass Annemarie sehr krank ist?«

An dem Tonfall, dem Blick, der Haltung der Fragestellerin merkte ich sofort, wohin das zielte. Krebs, natürlich. Eine besonders schlimme Art von Krebs, bereits mit vielen Metastasen. Annemarie, Freundin aus Kinder- und Teenagertagen – damals waren wir Backfische. Kichernde Mädchen, himmelhoch jauchzend, zu

Tode betrübt, wie das in diesen Jahren so ist. Liebe und Hass, Eifersucht und Träume. – Heirat, Kinder, wir hatten uns aus den Augen verloren.

Was mache ich mit dieser Information? Hinnehmen, ignorieren? Beten, ja sicher. Aber reicht das? Tagelang bewege ich diesen Gedanken, fühle mein Mit-Leiden tief im Magen. Wie würde sie es aufnehmen, wenn ich mich nach so langer Zeit ausgerechnet jetzt melde? Will sie überhaupt darüber reden? Es lässt mir keine Ruhe. Aus meinen Israelfotos suche ich ein besonders schönes aus: aufgewühltes Meer, schmaler Streifen Strand, vereinzelt Muscheln im Vordergrund. Ein Text dazu, der mir selbst einmal sehr viel bedeutet hat. Vielleicht hilft es ihr, vielleicht mag sie antworten.

1. März 1997

Ich halte mein erstes »Frühstücksreferat«. Werde ich es schaffen? Die Tatsache, dass es in meiner eigenen Gemeinde stattfindet, macht es mir etwas einfacher. Dr. v. G. ist mir wieder entgegengekommen und hat die zweite Infusion um drei Tage verschoben. So geht es mir an diesem Samstag ganz gut, und ich kann sehr gelassen über »Mit Grenzen leben« sprechen. Wir haben ein volles Haus, die Frauen sind sehr angetan, es gibt gute Gespräche im Anschluss an das Referat.

Selbst diese Passage kann ich relativ gelassen vortragen:

»Krankheiten lassen unsere Grenzen von heute auf morgen erheblich enger werden. Während ich dieses Referat ausarbeitete, merkte ich meine Grenzen meist recht schnell. Ich hatte gerade mal wieder einen Krankenhausaufenthalt hinter mir. Während dieser Woche in der Klinik hatte ich seitenweise Stichworte und Gedanken zum Thema Grenzen notiert. Als ich dann zu Hause am Computer saß und diese Gedanken in eine Form brachte, war ich meist nach einer halben Stunde so erschöpft, dass ich mich wieder hinlegen musste. Das wurde zwar von Tag zu Tag besser, aber mein Körper hat mir doch eine lange Zeit signalisiert: bis hierher und nicht weiter. Die Grenzen der Krankheit haben aber noch andere Dimensionen: Angst vor Operationen, Sorgen, was die Zukunft bringt, Schmerzen, Einsamkeit. Je nachdem, um welche Krankheit es sich handelt, kommen noch ganz spezifische Befürchtungen hinzu; ich muss mich vielleicht mit meiner eigenen Endlichkeit auseinander setzen.

Krankheiten können mein Vertrauen zu Gott ins Wanken bringen, meinen Glauben auf eine harte Probe stellen. Wenn der Boden unter meinen Füßen schwankt, gerät alles in Frage, was bisher Gültigkeit hatte. Selbst vergleichsweise kleine Dinge werden als Grenze empfunden, wenn man z. B. im Krankenhaus liegen muss. Entsetzlich, wenn ich nach dem Aufwachen aus der Narkose nicht auf die Toilette gehen darf, weil der Kreislauf das nicht mitmachen würde! Durch Narben oder Verbände kann ich mich nicht richtig bewegen, komme an viele Dinge nicht heran, stoße mein Wasserglas um, und alles ergießt sich auf den Brief, über den ich mich gerade noch so gefreut habe. Es fällt etwas runter, ich kann es nicht aufheben, möchte aber auch nicht dauernd die Schwester bemühen – Leben aus zweiter Hand. Grenzen auch in den Möglichkeiten der Behandlung, der Geduld und Aufmerksamkeit der Schwestern, Pfleger, Zivis und Ärzte, die oftmals wiederum bis an *ihre* Belastungsgrenze gefordert sind.«

Ich bin voller Dankbarkeit, dass das so möglich ist, und erlebe Gottes Führung erneut ganz hautnah.

Am Montag dann wieder Chemo. Während der kurzen einwöchigen Pause und auch noch einige Tage nach der zweiten Infusion geht es mir meistens nicht so gut. Übelkeit, Mattigkeit, Schwindel; ich bin ohne jeden Antrieb. Viel mehr als meine Lymphdrainage- und Krankengymnastik-Termine kann ich nicht wahrnehmen. Zweiter Infusionstag – wie immer bin ich zunächst um 8 Uhr zur Blutentnahme in der Praxis, gegen 10.30 Uhr soll dann die Infusion folgen. Heute bekomme ich einen Anruf von Dr. v. G. Die Infusion kann nicht gemacht werden, meine Blutwerte seien so schlecht, die Leukozyten nur bei knapp 2.000, dass er es nicht wagen möchte. Das ist wirklich sehr wenig. Ich erinnere mich, dass bei Bestrahlungen bereits bei einem Wert von unter 3.500 abgebrochen wird. Wieso denn das nun wieder? Es ging mir in der vergangenen Woche zwar besonders schlecht, einen Grund für das Absacken der Werte kann ich aber nicht entdecken.

Der nächste Zyklus ist der letzte vor dem Urlaub. Es geht alles gut – wir können fahren!

Inzwischen ist auch meine Rente genehmigt worden – ohne Amtsarzt, ohne Rückfragen, ohne Einschränkung, unbefristet bis zum Eintritt ins normale Rentenalter. Ich kann es kaum glauben. Wieder Gottes Führung, wie schon so oft auf diesem steinigen Weg.

11. April 1997

Treffpunkt mit Anna um 9.30 Uhr am Flughafen Fuhlsbüttel. Wir lassen die übliche Sicherheitsprozedur, die wir schon von den früheren Israel-Reisen kennen, über uns ergehen, dann heben wir ab – im wahrsten Sinne des Wortes! Es folgen zwei Traumwochen. Wir bereisen das Land auf eigene Faust, das ist mit den Erfahrungen, die wir durch die beiden Gruppenreisen in den letzten Jahren haben, ohne weiteres möglich.

Zunächst sind wir eine Woche in Jerusalem, wohnen im Österreichischen Hospiz mitten in der Altstadt. Das beste Quartier, das wir je hatten! Sobald wir den Trubel der Via Dolorosa im moslemischen Teil der Altstadt verlassen und durch das Tor des Hospizes gehen, umfängt uns eine wohltuende Stille im großen Garten hinter den hohen Mauern. Im Haus herrscht eine angenehme, sehr persönliche Atmosphäre. Vom Dach des großen Gebäudes hat man einen traumhaften Blick über die Altstadt, besonders schön am Abend unter leuchtenden Sternen. Am Ende der Woche kennen wir die Altstadt von Jerusalem wie unsere Westentasche, haben Erinnerungen aufgefrischt, bekannte Plätze wieder genossen und neue Ecken entdeckt. Fast jeden Tag halten wir uns lange am Gartengrab auf, genießen die Ruhe und tanken mit Leib und Seele auf. Jeweils am Spätnachmittag machen wir gemeinsam bei mir die Lymphdrainage, dadurch macht der Arm trotz der Wärme überhaupt keine Probleme. Das Hadassa-Krankenhaus müssen wir dieses Mal nicht von innen sehen!

Für die zweite Woche haben wir uns einen Wagen gemietet. Die Fahrt vom Löwentor durch die engen Altstadtgassen bis zum Hospiz, wo wir unser Gepäck einladen, ist abenteuerlich. Zurück noch einmal das Gleiche, dann lassen wir den hektischen Verkehr Jerusalems – ohne Hupen geht hier gar nichts – hinter uns und fahren quer durch die Westbank nach Galiläa und bleiben in Tiberias. Auch hier suchen wir die bekannten Orte auf wie Kapernaum, Berg der Seligpreisungen, Tabgha, Safed und andere. Durch die zeitliche Unabhängigkeit und die Mobilität können wir die Gegend um den See genau erkunden. Es ist einfach schön, diese Zeit miteinander zu erleben! Wir können uns ganz unserem eigenen Rhythmus überlassen. Kein Zeitdruck, kein Muss. Ich kann es kaum fassen, dass die Reise trotz der Krankheit und der Therapie möglich ist. Gott sei Dank!!

Mai 1997

Drei Tage nach unserer Rückkehr muss ich wieder an den Tropf, der Absturz ist schon ziemlich heftig. Es geht mir nicht besonders gut, und es fällt mir schwer, von den guten Erinnerungen zu zehren. Die Gemeindefreizeit mache ich mit, aber das hätte ich lieber bleiben lassen sollen. Meine Kräfte richtig einzuschätzen und dann auch mal zu verzichten, das muss ich noch lernen.

Einen Tag später wieder Therapie.

Diese Monate sind ein so heftiges Auf und Ab, wie ich es wohl kaum vorher je erlebt habe. Körper und Seele geraten völlig aus dem Gleichgewicht.

2. Juni 1997

Die letzte Infusion. Ich werde Wochen brauchen, um mich richtig zu erholen. Meine Haare sind zwar deutlich dünner geworden, aber nicht ganz ausgefallen. Ich bin froh darüber, denn mir ist inzwischen klar, dass das eine zusätzliche große Belastung gewesen wäre.

So langsam wird mein Tagesablauf wieder normal. Ein kleiner Schreck zwischendurch: Bei der routinemäßigen Mammografie entdeckt Dr. B. einen Flecken auf dem Röntgenbild, den sie sich nicht erklären kann. Sofort leuchten bei mir alle Alarmlampen auf. Zum Vergleich bringe ich ihr die alten Röntgenbilder – Entwarnung. Dieser Fleck scheint zu mir zu gehören, ist auf allen Bildern zu sehen und hat sich im Laufe der Jahre nicht verändert.

Gut, dass ich mich einigermaßen stabil fühle, so bin ich dem gewachsen, was jetzt durch meine Mutter auf uns zukommt. Es geht rapide bergab mit ihrer Gesundheit, ich muss täglich mehrmals zu ihr fahren; es zeigt sich immer deutlicher, dass sie nicht mehr allein sein kann. Die Suche nach einem Heimplatz stellt sich als äußerst schwierig heraus. Die schönen Häuser haben nichts frei oder sind unbezahlbar, und wo ich einen Platz bekommen könnte, möchte ich sie nicht hinbringen. Im Haus Anscharhöhe, das uns am liebsten wäre und noch dazu in unserer Nähe liegt, ist kein Platz frei. Und ohne Einstufung in die Pflegeversicherung läuft sowieso gar nichts. Vor einem halben Jahr wurde der erste Antrag abgelehnt. Ich fühle noch die Wut in mir, wenn ich daran denke. Ein Gespräch von höchstens zehn Minuten, Fragen wie:

»Können Sie allein essen?«

»Ja.«

»Können Sie sich die Haare kämmen?«

»Ja.«

»Gehen Sie allein zur Toilette?«

»Ja.«

Dass meine Mutter nicht mehr einkaufen konnte, nicht mehr kochen, nicht mehr putzen, keine Wäsche mehr waschen und auch sich selbst nur notdürftig pflegte und zu trinken vergaß, spielte alles keine Rolle.

Ein neuer Antrag ist gestellt, aber die Anerkennung kann Monate dauern.

Mitten in dieser scheinbar ausweglosen Situation erleben wir wieder einmal Gottes Hilfe. Ein Wunder geschieht! Am Donnerstag bekomme ich eine klare Absage des Heimes, am Freitag erhalte ich einen Anruf:

»Kommen sie gleich her, Frau Wendt, wir haben ein Appartement für Ihre Mutter frei!«

»– ??? –«

Wir besorgen einen Blumenstrauß für die Sachbearbeiterin und sind eine halbe Stunde später bei ihr. Gestern ist eine kleine Wohnung frei geworden, in einer Woche kann meine Mutter einziehen. Gott sei Lob und Dank! Berühren tut es mich allerdings doch, dass ein Mensch sterben musste, damit uns geholfen werden konnte.

August 1997

Die nächsten Wochen sind anstrengend: Mutters Umzug organisieren, die alte Wohnung räumen, den Hausstand auflösen bis auf das wenige, das sie mitnehmen kann. Ich gehe durch die geräumte Wohnung und muss weinen bei dem Gedanken, dass hier ein langer Lebensabschnitt unwiederbringlich vorbei ist. Aber ich kann auch die positive Seite sehen, weiß meine Mutter gut behütet und muss nicht mehr bangen, wie ich sie bei meinem Kommen vorfinde. Ich muss mich nicht mehr um die äußeren Dinge kümmern, sondern kann mir Zeit für sie nehmen, mit ihr nach Erinnerungen suchen, mit ihr singen oder einfach nur bei ihr sitzen.

Jetzt muss die alte Wohnung renoviert werden, und ich fahre täglich zu Mutter und versuche ihr zu helfen, sich einzugewöhnen.

Gerade fängt sie an, sich mit der neuen Umgebung zu arrangieren, und ich beginne aufzuatmen, als sie stürzt und sich den Oberschenkelhals bricht. Das bedeutet viele Wochen Krankenhaus und Rehabilitation. Und in einem Monat wollten wir in Urlaub fahren! Hat sich denn alles gegen uns verschworen? Herr, ich brauche jetzt endlich einmal eine lange Zeit der Ruhe, ich kann nicht mehr! Weißt du das denn nicht???

Wieder jeden Tag ins UKE, jetzt aber nicht meinetwegen, sondern um meine Mutter zu besuchen; wie ich den Weg dahin hasse! Nach gut zwei Wochen wird Mutter zur Rehabilitation ins Bethanien-Krankenhaus gleich nebenan verlegt. Es fällt ihr schwer, sich einzufügen, die Gymnastik mitzumachen, die Massagen zu ertragen. Und mir wird es immer schwerer, sie zu motivieren. Und der Urlaub? Können wir sie allein lassen, ist es nicht egoistisch, wenn wir fahren? Freunde raten uns zu. Sie haben ja Recht, es ist wichtiger, dass wir da sind, wenn sie aus dem Krankenhaus entlassen wird. Den letzten Anstoß geben die Söhne. Sie versprechen, sich abwechselnd täglich um die Omi zu kümmern.

Und so wagen wir es: Am 1. Oktober 1997 fliegen wir für drei Wochen in die USA; eine Woche Texas, wo wir unsere Freunde besuchen, zwei Wochen Kalifornien. Wir haben diesen Urlaub jetzt wirklich nötig und genießen ihn voll und ganz. Es gelingt uns abzuschalten. Mutter ist in guten Händen, mir geht es gut, Körper und Seele erholen sich zusehends.

Dezember 1997

Das Jahr 1997 geht ruhig zu Ende. Wenn ich zurückschaue, kann ich kaum glauben, was wir alles bewältigen mussten – und konnten. Wie so oft in der Rückschau entdecken wir trotz aller Sorgen und Belastungen – oder gerade deswegen? – Gottes Beistand in so vielen Dingen.

Am Tag meiner letzten Operation vor einem Jahr hatte ich von einer Freundin eine Karte mit einem Text zur Losung des OP-Tages bekommen:

Herr, der du die Lebenswege aller Völker und jedes Einzelnen lenkst,
gib, dass ich keinen Augenblick deine Gegenwart vergesse;
ich bitte dich nicht, zu segnen, was ich mir selbst für mein Leben herausgesucht habe.
Aber gib du mir die Gnade, zu entdecken und zu leben,
was du für mich ausgesucht hast.

Nein, ausgesucht hätte ich mir das nun vergangene Jahr sicher nicht. Und verstehen kann ich auch nicht, warum Gott es für mich ausgesucht hat. Aber seine Hand habe ich gespürt, deutlicher als in vielen anderen Jahren.

Meine neue Tätigkeit nimmt Formen an: In mehreren Gemeinden habe ich inzwischen Referate bei Frühstückstreffen für Frauen gehalten. Drei Themen habe ich »parat«, an weiteren arbeite ich. Die Arbeit an den Themen und die Vormittage in den Gemeinden füllen mich aus, machen mir viel Freude. Und die Reaktionen der Frauen zeigen mir, dass ich wohl auf dem richtigen Weg bin.

17. April 1998

Ich halte einen Frühstücksvortrag zum Thema »Wie redest du eigentlich mit mir?«. Werde ich es schaffen, zum Stichwort »Sprachlosigkeit« über mich selbst zu sprechen? Ich hatte Anna das Referat zum Lesen gegeben, und sie stellte mir genau diese Frage. Ich wage es:

»Manchmal weiß ich gar nicht oder noch nicht, was eigentlich mit mir los ist. Ich merke, weiß oder ahne, dass etwas Neues – positiv oder negativ – in mir, mit mir beginnt. Das kann ich nicht mal vor mir selbst in Worte fassen, wie soll ich denn darüber mit jemand anderem reden? Das kann eine Krise sein, die ich mehr ahne als weiß, das kann eine gerade festgestellte oder erst erahnte Schwangerschaft sein – nicht jede Frau kann damit gleich übersprudelnd zu ihrem Partner rennen –, das können diffuse Gefühle in den Wechseljahren sein, ähnlich, wie sie einen in der Pubertät von Zeit zu Zeit überfallen, das kann auch eine Krankheit sein. Als ich den ersten Verdacht hatte, der Knoten in meiner Brust könnte Krebs sein, bin ich drei Tage mit dieser unbeschreiblichen Belastung herumgelaufen, ohne meinem Mann ein Wort davon sagen zu können, obwohl wir normalerweise über alles sehr offen miteinander reden.«

Es geht ohne Tränen, und im Raum könnte man die berühmte Stecknadel fallen hören.

Liebe Anna, *Hamburg, 1. Mai 1998*

traumhaftes Wetter, ich habe schon eine kleine Radtour hinter mir: erst zu Muttern, dann an die Alster; jetzt will ich noch ein wenig mit Dir reden, zumindest anfangen.

Und da geht es mit der Schwierigkeit schon los – anfangen, wo? Erst DANKE sagen für Deine Briefe, Deine sehr wertvollen Kommentare, Anmerkungen, Hilfestellungen, Rückfragen zu meinem Referat »Wie redest du eigentlich mit mir?« – o. k., ist hiermit getan, später mehr dazu. Jetzt frage ich aber vielmehr: »Wie rede ich mit Dir?« bzw. »Wie sag ich's meinem Kinde?« So ist vielleicht auch der Clown zu verstehen, das bin eigentlich ich, ich habe meine Konturen verloren, und vermutlich fallen mir auch gleich die Bälle oder zumindest einige davon aus der Hand. Du wirst ahnen, wozu dies die Einleitung ist: Die »pacmen« sind wieder da, sprich: Die Krankheit hat mich wieder eingeholt. Seit einigen Tagen weiß ich, dass ich erneut einen Knoten habe, wieder in der linken Axilla, etwa einen Zentimeter von den Narben entfernt. Vorgestern war ich bei der Ärztin, habe gleich einen Termin für das Krankenhaus gemacht. Am 11. Mai gehe ich hin, am 12. werde ich operiert.

Es wäre sicher auch eher gegangen, aber ich möchte vorher einige Termine wahrnehmen. Einen Zahnarzttermin kann ich nicht verschieben; ich habe eine provisorische Brücke im Mund, die nicht lange halten wird. Und Samstag habe ich wieder einen Frühstücksvortrag zu halten, ich möchte die Frauen nicht gern sitzen lassen. Das Thema: »Wie redest du eigentlich mit mir?« Es ginge mir auch nicht gut, wenn ich das absagen würde. Hoffe nur, dass ich durchhalte. Aber mit einer Frauenfreizeit habe ich das vor einigen Jahren ja auch schon mal gemacht. Und Gott weiß, welche Kraft ich nötig habe … Es kommt in diesem Referat ein Kapitel »Sprachlosigkeit« vor. Sprachlos, ja, das bin ich im Moment auch. Schon wieder? War denn sogar die Chemotherapie umsonst, diese ganze Quälerei? Und was hat es zu bedeuten, dass es jetzt nicht direkt im Narbenbereich auftritt? Entfernt der Krebs sich vom eigentlichen Herd, metastasiert er jetzt in andere Teile des Körpers? Fragen, Fragen, Fragen …

Wenn ich zurückschaue, dann habe ich den Eindruck, dass ich immer dann, wenn es mir wieder gut geht, immer dann, wenn wir etwas Schönes vorhaben, einen Dämpfer bekomme. Werde ja nicht zu übermütig, Margret! Jetzt steht die Hochzeit unseres Sohnes Pit mit Astrid vor der Tür, und nun das! Eigentlich wollte ich es Hans erst nach der Hochzeit sagen, aber dann habe ich es doch nicht ausgehalten, zumal er an dem Tag, als ich es spürte, einen kurzen London-Trip für uns buchen wollte. Das musste ich natürlich bremsen. Aber den Kindern haben wir noch nichts gesagt, die sollen es erst nach der Feier, also am Sonntag oder Montag erfahren. Wir wollen ihnen nicht das Fest verderben.

Es ist wieder ein Absturz, und ich weiß nicht, was schlimmer ist: die Tatsache des erneuten Rezidivs oder die Hilflosigkeit, die ich immer wieder im Umgang mit der Krankheit erlebe, oder das erneut erschütterte Vertrauen? Ich hatte so viel Elan und Power, so viele Pläne, so viel Kraft und Zuversicht! Warum wieder diese Bremse?

Ich weiß nicht wie, aber es gelingt uns, die Hochzeit zu genießen. Ein wunderschönes Fest! Die Kinder sind so glücklich, die Braut zauberhaft, die Feier gelungen. Wir essen und trinken und reden und lachen und tanzen. Wie gut, dass wir nichts gesagt haben. Natürlich sind sie betroffen, als sie es am Wochenanfang dann doch erfahren.

Am 12. Mai 1998 liege ich auf dem OP-Tisch. Es ist wie immer ... Schrecklich, bei so etwas schon von »wie immer« zu sprechen. Aber es ist für mich, zumindest was den Krankenhausablauf betrifft, ein »wie immer« dabei. Mir kommt Frau E. in den Sinn, mit der ich vor anderthalb Jahren in diesem Zimmer gelegen habe. Wie es ihr wohl gehen mag? Wir haben lange nichts voneinander gehört. Es wäre schön, jetzt mal mit ihr zu reden. Nach dreimaligem Klingeln des Telefons nimmt Herr E. ab. Wir kennen uns inzwischen auch ganz gut, haben uns schon gegenseitig besucht.

»Guten Tag, Herr E., wie geht es Ihnen?« Das ist keine Routinefrage, ich möchte es wirklich wissen.

»Ach, nicht so gut. Manchmal komme ich besser zurecht, manchmal gar nicht.«

»– ??? –«

»Ja wissen Sie, dieses Alleinsein macht mir zu schaffen.«

Es dämmert langsam bei mir. »Was heißt Alleinsein? Was ist mit Ihrer Frau, Herr E.?«

»Ach, das wissen Sie ja noch gar nicht. Meine Frau ist vor zwei Monaten gestorben.«

Ich weiß nichts zu sagen. Und das sage ich ihm.

»Sie hat in den letzten Wochen sehr gelitten. Ich habe sie gepflegt, zuletzt fast rund um die Uhr. Erst konnte ich sie noch im Rollstuhl herumfahren, aber das ging dann auch nicht mehr.«

Herr E. erzählt mir detailliert von den schlimmen Wochen vor dem Tod seiner Frau. Er muss einfach reden, ihm ist vermutlich gar nicht bewusst, was seine Schilderung mit mir macht. Ich lasse ihn reden, es tut ihm offensichtlich gut. Es öffnen sich Schleusen bei ihm. In seiner Umgebung scheint man zu erwarten, dass er nach so kurzer Zeit wieder »funktioniert«. Ich bin froh, dass er am Telefon weinen konnte, und bin auch froh, dass ich angerufen habe. Dass ich hinterher selbst weinen muss, ist eine andere Sache. Aber ich weiß, wohin ich mit meinen Tränen gehen kann.

Liebe Anna, *Elim, 13. Mai 1998*

nun habe ich also den OP-Tag hinter mir, und ich muss sagen, dass es mir erstaunlich gut geht! Ich bin sogar schon in den Garten hinuntergegangen, aber es war zu windig, um sich dort lange niederzulassen. Auch die Haare habe ich schon einer Wäsche unterzogen. So fit war ich bisher noch nie am Tag nach der Operation. Am Freitag will Dr. P. mich schon wieder los sein; mir soll es recht sein.

Es war schön, mit Dir zu telefonieren. Danke auch für die Verwöhnpost, die heute ankam. Danke für alle Begleitung mit vielen guten Gedanken, mit Reden und mit Schweigen. Die Strophe aus dem Lied von Manfred Siebald ist wunderschön, kannst Du mir den ganzen Text schicken? »Manchmal spreche ich ganz leise deinen Namen vor Gott aus, und ich sage ihm, was ich so weiß von dir...«

Ein schöner Tag heute, strahlende Sonne. Der Garten des Krankenhauses ist zwar klein, aber ich kann mich dort ein wenig an der frischen Luft bewegen, eine kurze Zeit in der Sonne sitzen. Der Name Elim ist gut gewählt, es ist tatsächlich so etwas wie eine Oase. Michael war zu Besuch.

»Also wirklich, Mami, immer wenn schönes Wetter ist, bist du im Elim.«

Recht hat er, man kann beinahe schon von immer sprechen.

Liebe Anna, *Eppendorf, 22. Mai 1998*

es geht mir gut! Gerade komme ich vom Elim – Fäden ziehen – mit dem Rad! Ist es zu glauben? Alle anderen Male hat es Wochen gedauert, bis ich mich wieder aufs Fahrrad schwingen konnte. Sogar meine Seele ist schon nachgekommen. Du kennst ja das arabische Sprichwort: »Die Seele reist mit dem Tempo eines Kamels.« Dieses Mal ist es wohl ein Rennkamel gewesen. Wie auch immer, ich bin froh und dankbar, dass es ist, wie es ist. Dass manche Frage bleibt, ist eine andere Sache, aber diese Gedanken ändern nichts an dem Frieden in meiner Seele.

Am Dienstag, eine Woche nach der OP, war ich in der Lage, hier bei mir die Redaktionssitzung für den Gemeindebrief zu haben. Manchmal kommt es mir vor, als sei alles ein böser Traum gewesen, und nun bin ich aufgewacht und stelle fest: Es war alles keine Wirklichkeit. Doch, es ist Wirklichkeit, aber es ist in keiner Weise mit den Abstürzen der letzten Jahre zu vergleichen.

Vor einigen Tagen habe ich wieder an Annemarie geschrieben. Wir hatten im Laufe der letzten Monate einige Male miteinander telefoniert. Trotz der vielen Jahre, die wir uns nicht gesehen hatten, war der Kontakt gleich wieder da. Es ist unglaublich, wie tapfer sie ist.

Was hat sie schon für Therapien hinter sich! Ich hatte ihr den Text des Liedes geschrieben, das Anna mir geschickt hat: »Manchmal spreche ich ganz leise ...« Es hätte ihr sehr gut getan, sagte sie mir gerade am Telefon. Sie muss in wenigen Tagen wieder ins Krankenhaus. Wieder die Frage: Warum?

Liebe Anna, *Hamburg, 2. Juni 1998*

danke für Deinen langen Brief und das herrliche Foto. Es weckt wieder wunderbare Erinnerungen in mir. (...) Und den Text »Manchmal spreche ich ganz leise ...« habe ich inzwischen bereits an zwei Menschen weitergegeben, die Begleitung gerade nötig haben. Ich entdecke dabei etwas Neues bei mir: Es hat sich die Fähigkeit entwickelt, trotz intensiver Begleitung (seelisch und zeitlich intensiv) nach Beendigung eines Gespräches, eines Telefonates abzuschalten oder besser abzugeben. Abzugeben an Gott, der mich ruhig macht und an dem es nun ist, diesen Personen seinen Frieden zu geben. Ich bin froh darüber, denn dadurch kann ich mich voll anderen Menschen widmen und trotzdem mein seelisches Gleichgewicht und meine Gelassenheit behalten. Das war nicht immer so. Es hat mir auch im Gespräch mit dem Mann der verstorbenen Frau E. geholfen. Und es hilft mir bei der Verarbeitung dieser Tatsache. Natürlich hat es mich zunächst umgehauen, dass sie nun doch sterben musste, aber ich kann es so sehen, dass es nicht mein Tod ist und ihr Leben nicht mein Leben, trotz mancher Parallelen. Jetzt bin ich nur noch dankbar dafür, dass sie nicht noch mehr leiden musste, es ging dann doch relativ schnell.

Es geht mir ziemlich rasch wieder gut. Der Alltag hat mich im Griff, Gott sei Dank! Auch seelisch stehe ich wieder auf festem Boden. Mit meiner Ärztin hatte ich einige Gespräche. Das Tamoxifen wird abgesetzt, hat ja nichts genützt. Es gibt etwas Neues, das wir jetzt ausprobieren: ein Aromatasehemmer, der möglicherweise die Ausbreitung des Krebses verhindern oder zumindest abbremsen kann. Vereinfacht gesagt, wird damit die Bildung von Östrogen verhindert. Die »Antennen« der Zellen werden besetzt und können den Krebs nicht weitertragen. So ähnlich jedenfalls hat Dr. P. es mir erklärt. Es sind bei Versuchsreihen gute Erfahrungen gemacht worden. Warum sollte es bei mir nicht auch wirken?

Juni 1998

Wann habe ich es eigentlich erfahren? Ich weiß es nicht mehr. Wegen einer Auskunft hatte ich versucht, Frau Dr. M. zu erreichen, vergeblich: »Kein Anschluss unter dieser Nummer.« Eigenartig. Vielleicht sollte ich mal vorbeigehen, es ist ja gleich um die Ecke. Bevor ich dazu komme, fragt mich meine Hausärztin:

»Sie haben doch eine Therapie bei Frau Dr. M. gemacht, nicht wahr?«

Ja, das habe ich, zusammen mit Frau E. Ich erinnere mich auch noch gut an die Probleme mit der Krankenkasse wegen der Übernahme der Kosten und auch an ihre Großzügigkeit, als sie uns den Restbetrag erlassen hat.

»Ja, warum fragen Sie?«

»Sie ist kürzlich gestorben.«

»Gestorben? Sie hatte doch erst vor einigen Monaten wieder geheiratet. Hatte sie einen Unfall? Wie schrecklich, sie war jünger als ich!«

»Nein, Frau Wendt, kein Unfall. Sie hatte Krebs.«

Krebs. Frau Dr. M.?

Das kann nicht sein. Sie, die vehement gegen diese Krankheit arbeitete, soll selbst daran gestorben sein? Ob sie es gewusst hat? Kaum, dann hätte sie doch die Praxis nicht so ausgebaut. Mehrfach war sie in Länder gereist, in denen man bestimmte Therapien schon länger anwandte, hatte sich informiert, Geräte angeschaut, dazugelernt. Vor nicht langer Zeit hatte sie das Erdgeschoss hinzugemietet und eine Tagesklinik eingerichtet. Zur Sauerstofftherapie und zur Überwärmungstherapie waren teure Geräte angeschafft worden. Sie war die Einzige in weitem Umkreis, die so etwas ambulant anbot; die Menschen kamen sogar aus Schleswig-Holstein und Niedersachsen zu ihr. Sie hatte sozusagen eine Marktlücke entdeckt.

Ich kann es nicht fassen.

Sie kannte doch alles, was es gegen Krebs gibt.

Es muss völlig überraschend gekommen sein, anders kann ich es mir nicht vorstellen. Es berührt mich tief, obwohl ich keine enge persönliche Beziehung zu ihr hatte. Sie hat sich sehr für ihre Patienten eingesetzt, war für viele sicher so etwas wie die letzte Hoffnung. Ich weiß noch genau, was ich empfand, als ich das erste Mal das Schild vor ihrem Haus wahrnahm und dann auch gleich mit der Therapie begann. Auch ich hatte viele Hoffnungen in die Behandlung gesetzt.

Und nun musste sie selber vor dieser Krankheit kapitulieren.

Juli 1998

Thomas beendet seine Schulzeit. Festakt in der Schule. Die Abiturzeugnisse werden in einer feierlichen Zeremonie überreicht. Nun steht also auch unser Jüngster dem »Ernst des Lebens«, wie es in den Reden so schön heißt, gegenüber.

14. September 1998

Große häusliche Veränderungen stehen bevor: Michael verlässt das Elternhaus. Das ist nun mal der Lauf der Dinge. Er ist 22 Jahre, hat einen Beruf, ist flügge geworden. Seit einigen Monaten haben wir uns auf dem Wohnungsmarkt umgeschaut, nun sind wir fündig geworden. Dass es eines Tages soweit sein würde, war mir klar, ich hatte mich auch seit langem innerlich darauf vorbereitet. Als nun aber die Freunde kommen und mit ihm zusammen Kiste um Kiste runtertragen, die zerlegten Möbel im Transporter verstauen, wird mir doch ein bisschen wehmütig ums Herz. Bilder vom kleinen Michael ziehen vor meinem inneren Auge vorbei: eine Handvoll Mensch bei der Geburt, vier Wochen zu früh, keine fünf Pfund Gewicht, weinend am ersten Kindergartentag, unsicher wackelnd auf dem neuen Fahrrad, mit riesigem Ranzen und ebenso großer Schultüte, strahlend vor Freude über den ersten Pokal nach einem Sieg im Sport, mit Gipsbein und Hautabschürfungen, wütend die Türen knallend, Schulabschlussfeier, Führerschein freudig wedelnd, klein mit Hut nach dem ersten Schaden an unserem Auto, Lehrabschlussprüfung – erstes richtiges Gehalt, als Zivi unterwegs für alte Menschen …

Nun ist er weg, zurück bleibt ein leeres Zimmer, Staub in allen Ecken, Löcher und Schmutzränder an den Wänden von den Bildern und einige Reste, die er nicht mehr braucht. Mach's gut, mein Junge, du wirst deinen Weg gehen. Leise für mich flüstere ich: »Gott geht mit!« – Gut, dass wir den Jüngsten noch haben.

Die Wehmut hält nicht lange an. Schon am nächsten Tag kommen die Maler, dann der Teppichverleger, etwas später werden neue Möbel angeliefert. Michaels Kommentar: »Ihr habt ja nicht lange gezögert. Seid wohl froh, dass ich weg bin!« Nicht froh, dass er weg ist, aber froh über das Zimmer: Der verwaiste Raum wird mein Reich! Endlich bekomme ich mein eigenes Refugium, kann mich ausbreiten, zurückziehen, in Ruhe arbeiten, Musik hören. Ich genieße es, zumal der Junge uns ja nicht verloren gegangen ist. Mindestens zwei- bis dreimal die Woche kommt er, um Mutterns Küche zu genießen.

Ansonsten passiert nichts Außergewöhnliches, wie schön. Wir leben einfach. Es geht mir gut, ich arbeite intensiv in der Gemeinde, helfe Hans bei seiner Arbeit, fange an, ein Buch zu schreiben. Meine Tage sind gut gefüllt. Ich genieße jeden Tag meines Lebens.

Zuweilen denke ich, der Himmel ist fast zu wolkenlos. Kein Gewitter in Sicht? Oder nur Ruhe vor dem Sturm?

März 1999

Heute Vormittag habe ich mal wieder mit Annemarie telefoniert. Ihr steht erneut eine sehr belastende Behandlung bevor. Knochenmark wird entfernt und tiefgefroren, dann wird eine aggressive Chemotherapie, die nur unter Quarantäne möglich ist, durchgeführt, später erhält sie ihr Knochenmark zurück. Ich staune, mit wie viel Mut und Hoffnung sie an die Sache herangeht. Wie sehr wünsche ich ihr, dass diese Strapazen Erfolg haben werden!

Juli 1999

Anna kommt nach Hamburg! Nein, nicht zu Besuch, sie wird wieder hier leben. Im Oktober fängt sie an einer neuen Arbeitsstelle an. Seit einiger Zeit schon war ich für sie auf Wohnungssuche, Fotos und Grundrisse gingen hin und her. Nun hat es geklappt. Eine zauberhafte Wohnung, statt wie bisher 250 km nun nur noch 7,6 km von mir entfernt. Wir telefonieren viel, planen, organisieren. Ich freue mich riesig! Der Umzug ist gut vorbereitet, die Helfer stehen für Mitte September bereit. Auch meine Jungs werden dabei sein. »Ehrensache, Mami!«

Anruf von Annemarie. Sie hat die Therapie gut überstanden. Jetzt erwägt sie sogar, mit zur Frauenfreizeit nach Bad Bevensen zu kommen. Wenn das möglich wäre!

Liebe Anna, *Hamburg, 11. August 1999*

(...) sprach ich nicht in unserem Telefongespräch vorgestern von Wechselbädern? Ach ja, die haben es in sich. Gestern hatte ich nach langem Überlegen nicht nur einen Titel, sondern auch einen – wie ich fand – guten Schluss für mein Buch (Untertitel: Tagebuch meiner Krebserkrankung) gefunden. Unter anderem schrieb ich: »Morgen muss ich wieder zur Mammografie, aber es berührt mich nicht.« Das stimmte gestern. Muss es möglicherweise eine Fortsetzung geben? Die Mammografie war in Ordnung, die Ärztin freute sich mit mir. Aber in der Sonografie entdeckte sie etwas, was da nicht hingehört. In der rechten Brust habe ich »schon immer«, jedenfalls solange das kontrolliert wird, einen Knubbel, der sich nicht verändert hat. Nun hat das Ding einen Ableger bekommen. Bei jeder anderen Patientin ohne Vorgeschichte hätte sie gesagt: abwarten, beobachten, in drei Monaten wieder gucken. Bei mir ist das etwas anderes. Sie empfiehlt eine Kernspintomographie. Nicht aus Verdachtsgründen, wie sie sagt, sondern als »Ausschlussuntersuchung«. Diese Untersuchungen gehören normalerweise nicht zum Leistungskatalog der Krankenkassen. Also erst mal die Krankenkasse fragen, ob sie das übernimmt – bei Frauen wie mir tun sie es. Morgen dann einen Termin machen für die Untersuchung, mittwochs ist ja nirgends jemand.

Es berührt mich nicht? Von wegen! Meine Gefühle, mein Körper sagen etwas ganz anderes als mein Verstand. Thomas hat es gleich gemerkt, er hat einen besonderen Blick für meine Befindlichkeit; Hans sowieso. Geht das nun alles von vorn los? Die Ärztin meint, das sähe überhaupt nicht nach Krebs aus, aber sie möchte sichergehen. Zweimal war ich schon in dieser Situation: Einmal war es nichts, das andere Mal war es Krebs. Es steht also 50:50 (Humor, verlass mich nicht!).

Soweit für heute, ich muss jetzt an etwas anderes denken. Vorhin war ich erst mal beim Friseur, dann habe ich mir einen großen Blumenstrauß gekauft.

Liebe Anna, *12. August 1999*

nun habe ich einen Termin für die Untersuchung: Dienstag, 17.08. um 13.45 Uhr. Ob ich Klaustrophobie oder Ähnliches habe, fragt mich die Dame am Telefon. Nein, mir reicht mein Krebs! Den schwarzen Humor verstand sie nicht so richtig. Die Untersuchung erfolgt in der Tagesklinik in Altona, in der mir vor fünf Jahren mittels Laparoskopie die Eierstöcke entfernt wurden – also wieder ein erinnerungsträchtiger Ort.

Lass es für heute genügen.

Meine Gefühle werden mal wieder sehr strapaziert. Die bevorstehende Untersuchung liegt mir auf dem Magen, natürlich. Im Moment steht allerdings der Auszug von Thomas im Vordergrund. Ich hatte gehofft, er würde noch etwas länger bei uns bleiben, aber nun will auch er auf eigenen Füßen stehen. Das ist in Ordnung, er muss ja auch seine Erfahrungen machen, selbstständig werden. Etwas plötzlich kommt es allerdings doch. Mein Jüngster, auch er ein winziges Bündel Mensch, gerade mal fünf Pfund leicht, als ich ihn drei Wochen zu früh das erste Mal im Arm hielt. Er war in allem etwas schneller als seine Brüder – Kunststück, er konnte ja auch alles nachahmen. Schneller beim Laufenlernen, schneller beim Radfahren, schneller beim Schwimmen, schneller auch dabei, Fehler zu machen. Jetzt wird er selbst für sich einstehen müssen. Wie wird er es finanziell packen? Studium, Job ...

Hans und ich besinnen uns nun wieder auf uns selbst. Die letzten vier Wochen haben wir schon mal geübt, als Thomas in Urlaub war. Es geht ganz gut, vor allem genießen wir die Ruhe und die Tatsache, dass wir planen können, ohne dass alles wieder über den Haufen geworfen wird, dass wir im Kühlschrank noch das vorfinden, was wir hineingelegt haben (jedenfalls meistens), dass das Auto dort steht, wo wir es geparkt haben (nicht immer).

»Alles hat seine Zeit«, steht in der Bibel. Das ist gut so. Die Jahre mit den Kindern waren schön, jetzt kommen schöne Jahre nur für uns. Ich kann dem durchaus etwas abgewinnen. Mein Gebet in diesen Tagen: »Herr, ich danke dir für unsere Kinder. Behüte sie, wenn sie nun alle drei ihre eigenen Wege gehen, ich so viel von ihrem Leben nicht mehr mitbekomme. Sie sind ein Geschenk, aber nur ein Geschenk auf Zeit. Ich hoffe, wir haben ihnen genug und vor allem das Richtige mit auf den Weg gegeben. Ich muss sie loslassen, aber das kann ich nur, weil ich weiß: Du hältst sie fest!«

25. August 1999

Heute Morgen ein Brief von Anna. Sie gibt mir viele gute Wünsche und Gedanken mit auf den Weg. Ein Foto dabei: Muscheln und Steine am Strand von Tel Aviv, Erinnerung an Zaubertage am Meer und Symbol zugleich. Es berührt mich sehr, auch ihre Gedanken dazu. Sie weiß nicht, welchen Titel mein Buch haben soll. Sie schickt mir auch wieder den Text von Manfred Siebald: »Manchmal spreche ich ganz leise deinen Namen aus vor Gott, und ich sage ihm, was ich so weiß von dir.« Besonders gut tut mir der zweite Vers: »Danken will ich ihm für jeden Engel, der dich heimlich schützt und der dich trägt . . .« Gottes Engel haben wieder viel zu tun.

Kernspintomographie. Jetzt weiß ich, warum ich bei der Anmeldung gefragt wurde, ob ich unter Klaustrophobie leide. Schön ist die Untersuchung nicht, aber auch nicht besonders schlimm. Es tut nichts weh. Ich muss ganz still auf dem Bauch liegen, bekomme Kopfhörer aufgesetzt, weil es laut wird, in meine Vene wird mittels Braunüle ein Kontrastmittel eingespritzt. Dann geht es ab in eine enge Röhre. Die Kopfhörer dämpfen den Lärm, den die Maschine macht, nur ein wenig. Hin und wieder die Stimme der Ärztin: »Bitte nicht bewegen«, oder »Das machen Sie prima, Frau Wendt«, oder »Jetzt folgt eine kleine Pause«. Nach zehn Minuten bin ich wieder draußen. Große Enttäuschung: Ich habe gedacht, ich bekäme gleich ein Ja oder Nein zu hören. Weit gefehlt, frühestens in zwei Tagen bekomme ich den Befund zugefaxt.

Dieses Warten zerrt an meinen Nerven. Ich kann nichts Richtiges tun, fasse dieses und jenes an, lege es wieder hin. Starre minutenlang aus dem Fenster, ohne zu denken oder etwas wahrzunehmen. Der Große hat angerufen, die beiden andern waren hier – vordergründig, um sich bei Muttern satt zu essen, aber natürlich fragen sie gleich nach dem Ergebnis. Wenigen Freunden schildern wir unsere Situation, sie tragen mit, sie beten für uns.

Ausgerechnet heute eine Anfrage für ein Frauenfrühstück – zum Glück zunächst auf dem Anrufbeantworter. Was soll ich sagen? Kann ich Termine machen, ohne zu wissen, was mit mir ist? Mach dich nicht verrückt, Margret. Du kannst nie wissen, ob du einen zugesagten Termin einhalten kannst. Was ist denn jetzt anders?

Schon am Mittwochmorgen kommt das Fax der Radiologin: Entwarnung! Ich sitze da wie ausgehöhlt, das Fax in der Hand. Wieso kann ich mich nicht richtig freuen? Hans und ich nehmen uns in den Arm und stehen erst einmal ganz still. Die Freude stellt sich im Laufe des Nachmittags ein.

10. Oktober 1999

Zu früh aufgeatmet, Margret? Alles zu rosig gesehen? Lieber Gott, wir sind nicht schon wieder dran!

Vor drei Tagen musste ich Hans nachts per Notarzt ins Krankenhaus bringen. Totaler Zusammenbruch, er liegt auf der Intensivstation; keiner kann mir sagen, wie es weitergeht. Sieben Jahre ist es her, dass wir um sein Leben bangen mussten, nun wieder. Tagsüber bin ich bei ihm, nachts kann ich nicht schlafen. Wie lange halte ich das aus?

»Heile mich, Herr, so werde ich heil« – das war das Thema des Gottesdienstes heute Morgen. Musik, Abendmahl, Predigt, alles scheint wie für mich gemacht. Frieden und Geborgenheit in aller

Angst und Unsicherheit. Es reicht nicht für den ganzen Tag, aber heute Morgen war es wie ein Aufatmen, wie ein erster warmer Sonnenstrahl im März, wie ein Blick über das Meer, wie Wind in den Haaren, wie Muscheln sammeln.

Bange Tage am Krankenbett. Was wird werden? Was, wenn Hans nicht wieder gesund wird? Was, wenn er stirbt – die Ärzte schließen es nicht aus.

Langsam, sehr langsam überwindet er die Krise, Lebensgefahr besteht nicht mehr.

22. Oktober 1999

Hans ist wieder zu Hause, schwach, aber auf dem Wege der Besserung. Bis er seine volle Schaffenskraft zurückhat, wird es wohl einige Monate dauern. Aber wir sind dankbar, zunächst wenigstens diese schlimme Zeit überstanden zu haben.

20. Dezember 1999

Gerade komme ich von Annemarie. Seit gut zwei Jahren – seit ich weiß, dass sie krank ist – habe ich versucht, sie ein wenig zu begleiten, habe ihr Auf und Ab miterlebt. Krebs. Durch die Krankheit sprechen wir wieder die gleiche Sprache.

Heute stand ich an ihrem Sterbebett.

Klein und schmal verschwand sie beinahe unter der Decke. Durchsichtig, ein Schatten ihrer selbst. Schmal und zart, fiebrig heiß ihre Hand in meiner. Nimmt sie mich wahr, erkennt sie mich? Ein kurzes Aufleuchten in ihren Augen, sie erkennt mich, lächelt, murmelt meinen Namen, dann wieder reglose Stille. Ich bleibe nicht lange, ihre Familie ist bei ihr und nimmt Abschied, seit Tagen.

Gott im Himmel, was bist du für ein Gott? Muss es so sein, geht es nicht auch sanft und friedlich, ohne Qual und Schmerzen? Kannst du nicht die Alten holen, die, die schon lange nicht mehr können, die hilflos sind, abhängig, leidend, die so gern sterben möchten? Wie Monas Schwiegermutter zum Beispiel, seit über einem halben Jahr liegt sie nur noch im Bett, ohne jede Reaktion, einzig durch Schläuche am Leben erhalten. Heimgehen, sagen viele. Lass sie doch heimgehen und nicht die jungen, fröhlichen, die noch leben möchten! Annemarie konnte gerade noch ihren Enkel kennen lernen. Die Freuden einer Großmutter erlebt sie nicht mehr, der Enkel wird nie eine wirkliche Vorstellung von ihr haben. Warum, warum, warum?

Es trifft mich wieder auf zwei Ebenen – meine Generation, meine Krankheit. Hatte ich gesagt, ich könne trennen zwischen mir und einer anderen Kranken? Könne begleiten, ohne mein eigenes Schicksal einzuweben? Ich habe mich wohl zu weit aus dem Fenster gelehnt; zumindest gelingt das nur manchmal, im Moment gerade überhaupt nicht.

Vor einigen Tagen las ich in der Zeitung einen Bericht. Eine Frau schildert ihr Sterben. Am meisten bewegt mich in diesem Artikel ein Zitat. Auf der Leiche eines israelischen Soldaten hatte man einen Zettel gefunden, den dieser, offenbar schon seinen Tod vor Augen, noch geschrieben hat:

> *»Ich stehe an der Küste. Vor mir entfaltet eine Yacht ihre weißen Segel. Sie gleitet im Wind hinaus auf den Ozean. Irgendwann sehe ich sie nur noch als kleine weiße Wolke am Horizont. Da ruft jemand: Sie ist verschwunden! Verschwunden? Nur aus meinem Blick. Sie ist noch genauso groß, wie sie war, als sie mich verlassen hat. Und in dem Moment, wo auch ich rufe: Sie ist fort!, wird an anderer Stelle gerufen: Da ist sie!«*

Es tröstet mich zu wissen, dass, wenn Annemaries Segel für unsere Augen verschwunden ist, sie in der Ewigkeit schon erwartet wird.

21. Dezember

Anna und ich haben einen wunderschönen Nachmittag und Abend miteinander verbracht. Es ist einfach schön, sie jetzt in der Nähe zu haben.

Was es für mich bedeutet, dass sie mich in all den Jahren über Höhen und durch Tiefen begleitet hat, weiß ich sehr genau. Jedes gesprochene und jedes ungesagte Wort, jeder Händedruck, jedes Lachen und Weinen, jede Geste, jedes Geschenk, jeder Brief oder Anruf waren und sind Balsam für meine Seele. Was es für sie bedeutet hat, beginne ich erst jetzt zu ahnen, wo ich selbst Menschen auf ihrem schweren Weg zu begleiten versuche. Was hat es mit Anna gemacht, wenn sie wieder einmal einen meiner Abstürze erlebte, wenn sie nach Worten suchte, überlegte, was mir gut tun könnte. Wie wird sie manches Mal gezweifelt haben, ob das Wort, der Text, die Musik richtig waren, die sie gesagt oder geschickt hat. Wie oft wird sie nach einem Besuch bei mir nach Hause gefahren sein, hoffend, dass ihr Verhalten richtig war. Wie hilflos fühle ich mich manchmal in ähnlicher Situation . . .

Jahreswechsel 2000

Annemarie ist tot. Wir haben auf dem Friedhof Abschied genommen.

Etliche »alte Weggefährten« sind gekommen, Menschen, mit denen wir unsere Jugend verbracht haben. Es tat gut, miteinander zu reden, Erinnerungen zu tauschen, über Annemarie zu sprechen und über das, was wir mit ihr erlebt haben.

Sie ist bei Gott, an ihn hat sie geglaubt.

Mai 2000

Fast zehn Jahre Leben mit Krebs, zehn Operationen. Tiefen und Höhen, Verzweiflung und Hoffnung, dunkle Wegstrecken und schöne Zeiten. Heute lebe ich anders als vor dem Tag X. Intensiver, bewusster; die Werte haben sich verschoben.

Seit meiner letzten Operation sind zwei Jahre vergangen.

Geheilt – bin ich geheilt? Ich weiß es nicht. Ich bin auch nicht sicher, ob das für mich noch eine Bedeutung hat. Die Krankheit ist Teil meines Lebens geworden, aber sie ist nicht mein Leben. Sie ist immer präsent – durch häufige, aber zu ertragende Schmerzen, durch Medikamenteneinnahme, durch die zweimal wöchentlich nötige Lymphdrainage, durch regelmäßige Untersuchungen. Auch Rückschritte wie der vor einem halben Jahr ausgeräumte Verdacht gehören dazu. Aber sie beherrschen nicht mehr mein Fühlen und Denken. Ich kann darüber reden, muss es aber nicht.

Meine Grenzen sind enger geworden, sicher. Aber sie engen mich nicht wirklich ein. Ich habe gelernt, damit zu leben – ich habe Blumen an meine Grenzen gepflanzt, habe die Mengen an Steinen auf meinem Lebensweg inzwischen für einen wunderschönen Steingarten verwendet. Sie sind weiterhin da, geben aber mit Blumen und Gräsern zusammen ein hübsches Bild ab. Und Gott lässt es in meinem Garten üppig blühen.

Elisabeth Ahrendt

Kein Atemzug weniger

Eine Frau entscheidet sich für das Leben

192 Seiten, ABCteam-Paperback, Bestell-Nr. 111 149

Nichts würde dem Glück von Maik und Sonja fehlen, wenn nur ein einziger Wunsch sich erfüllte: der, ein eigenes Kind zu bekommen. Alles haben sie schon unternommen, und schließlich ist Sonja sogar bereit, es mit künstlicher Befruchtung zu versuchen.

Nach dem dritten misslungenen Transfer will sie jedoch aufgeben. Ist es überhaupt richtig, den Kinderwunsch zur zentralen Frage des Lebens zu machen? Warten nicht andere Aufgaben auf sie?, fragt sie sich. Aber ein Anruf des Gynäkologen, der sich sicher ist, jetzt ein besseres, wirkungsvolleres Hormon einsetzen zu können, lässt sie von Neuem hoffen.

Der vierte Versuch gelingt. Sonja wird schwanger. Doch die große gemeinsame Freude bleibt aus, ein schier unlösbarer Konflikt überschattet die Schwangerschaft und führt die Ehe der werdenden Eltern an einen Abgrund.

Das bewegende Buch einer Autorin, die die authentischen Geschichten vieler Frauen zu einem dichten Band verwoben hat.

Elisabeth Ahrendt, geboren 1935, ist gelernte Kinderkrankenschwester und lebt als freie Autorin in Bad Schwartau.

Joke Verweerd

Mitten im Winter soll mein Garten blühen

Die Geschichte einer Frau

208 Seiten, R. Brockhaus Taschenbuch, Bestell-Nr. 220 872

»Der Sturm kam nach dem Brief.

Der Brief wartete im Briefkasten. Ika nahm ihn heraus und blieb in der Eingangshalle des Hochhauses stehen. Automatisch grüßte sie den Mann, der in der Wohnung unter ihr wohnte. Er machte einen Scherz, aber sie ging nicht darauf ein, obwohl er das von ihr erwartete. Verwundert sah er sie an, bis sich die Aufzugstür hinter ihm schloss.

Ika ging die Treppe hoch. Das gab ihr noch ein bisschen Zeit. Sie drehte den Brief in ihren Händen hin und her. Vor und zurück, wieder und wieder. Es bestand kein Zweifel – das war die Handschrift ihrer Schwester ...«

Dies ist die bewegende Geschichte einer jungen Frau, die mit Anfang dreißig wieder ihrer Vergangenheit begegnet. Mit viel Wärme versteht es die Autorin, die innere Dramatik dieses Lebens zu schildern, die Hoffnungen des Kindes, sein scheinbar vergebliches Bemühen, die Liebe seiner Mutter zu gewinnen, das dunkle Geheimnis, das über seiner Herkunft liegt – aber auch die Kreativität der jungen Frau, ihre Erwartungen an das Leben, ihre Stärke und ihren Glauben.

Joke Verweerd, geboren 1954, lebt in Woubrugge/Niederlande. Sie hat Romane, Erzählungen, Gedichte und Kinderbücher veröffentlicht. Dieses Buch wurde in Holland auf Anhieb ein Erfolg. Es erreichte vier Auflagen in einem Jahr und wurde fürs Fernsehen verfilmt.